# 听我的话吧

## FLORET

### READING

▼

鹿拾尔 著

【美好时光列车】系列 02

我对你一点也不好，薛拾星。
但我会用我的一生保护你，
你……信不信我？

上海故事会文化传媒有限公司

上海文化出版社

## 作者前言 | 鬼知道我们经历了什么

　　当《听我的话吧》这个故事落入尾声时，恰好是公司一年一度的暑假。

　　是的！我成功在暑假前完稿啦！

　　和九歌同时开坑同时完稿，经常奋战到深夜，无数次突破了自己，并且看书名就知道，CP 感爆棚的我们，要抱头哭上一哭。

　　同时还要再感叹一句：鬼知道我们经历了什么。

好了，回到正题，先来聊一聊这个故事。

受电影影响，我时常会幻想自己有朝一日拥有超能力的场景，就像漫威里的X教授万磁王或者奇异博士那样。光是想一想，就能让人热血沸腾。

所以，我写了这个故事。故事里的男主角与常人不同，他拥有可以和动物说话的能力。虽然没轰轰烈烈到拯救地球的程度，但也足够让我好好过了一把瘾。

不可否认，《听我的话吧》是一个以奇幻爱情为主线的故事。但我最喜欢的，却是里面关于友情的那一部分。

男主角聂西遥，虽然他的人生遭遇了重重磨难，但身边仍有朋友愿意信任他帮助他。还有女主角薛拾星，在遭遇恶意抹黑时，身边也有一个傻傻的姑娘为她出谋划策。

这些配角或许不是那么显眼，却是整个故事里最不可或缺最温暖的存在。


说到朋友，不可避免的，要聊一聊我们最最有爱的小花。

最近，我和晚乔、九歌一起买了一样的裙子，齐刷刷站成一排时，像是要去跳舞。我们不仅上班日穿着在公司里晃荡，周末还穿着跑去外面吃饭、看电影，拍了一大堆中二又神经质的照片。当然，这种可怕的照片我是不会拿出来分享的。

至于我们二组的镇山石笙歌蓓蓓，她自诩是清流，不和我们同流合污（委屈地抱头痛哭）。

其实我们真的是一群正常人！真的！

在创作故事之外，能与这样一群来自天南地北，且性格各异的人相识并融洽相处，是一件无比幸运的事。那些相互扶持和鼓劲，是支撑我们一起走下去的最大动力。

于是，或多或少的，在写某个角色时，也会不自觉地代入她们的影子。

愿你们在看故事的时候，也能想起自己身边那些可爱的朋友。

祝安好，我的朋友。

鹿拾尔

# | 小花阅读 |
## 【美好时光列车】系列

**《弥弥之樱》**
笙歌 / 著
标签：我的青梅竹马不可能这么可爱 / 黑到深处是真爱 / 别家的孩子

有爱内容简读：
"是时候告诉大家了，其实我就是他的女朋友。"
喜欢你多久了呢？
从你刚刚那样子亲吻我；从你坐在对面教学楼，我们隔着一个小广场的距离相视而笑；从我们每次回家的时候，你让我靠在你肩膀休息；从你隔着被子把我抱在怀里哄我起床的时候……
我想起过往的点点滴滴，才确定，如果是命运的安排，那我睁眼看到你的第一眼起，就注定要喜欢你。

---

**《路途遥远，我们在一起吧》**
姜辜 / 著
标签：温柔又毒舌的面瘫 boy / 玩世不恭的深情系痞子 / 警队甜心

有爱内容简读：
"从第一次见面起，我就觉得你的眼睛很亮，你也很好看。"
"知道了。"莫名地，江棉就开始泪如雨下，"我知道了，阿生。"
阿生，我喝完这杯水了，嘴里的薄荷味很浓，冰箱也依旧在嗡嗡作响。
大概还有三个钟头天才会慢慢地亮起来，可是从这一刻起，我就已经开始想你了。
所以，阿生——其实每次这么叫你，都会让我的心变得潮湿和柔软。
那么阿生，明天见。

## 《请你守护我》

九歌 / 著

**标签：磨人总裁大大 / 千年芙蓉妖 / 整个妖生都崩溃了 / 契约情人**

有爱内容简读：

具霜盯着他的眼睛看了很久，终于面色舒展，呼出一口浊气："我认输了。"
她全然放弃了去挣扎，让自己在他眼中的星海里沉沦。

语罢，她又突然弯起嘴角笑了笑："可是我们来日方长，总有一天我会斗赢你。"

就这样吧。

没有什么需要去躲避，她不怕，她什么也不怕。

看着她唇畔不断舒展绽放的笑，方景轩嘴角亦微微扬起："那么，请你守护我，我的山大王。"

具霜脸上笑容一滞，反复回味一番才恍然发觉方景轩这话说得不对，旋即恶狠狠地瞪向他："啊呸！我才不是山大王，叫我山主大人！"

方景轩眼角眉梢俱是笑意："哦，山大王。"

具霜气极，一拳捶在方景轩胸口上："都说了不是山大王！"

---

## 《听我的话吧》

鹿拾尔 / 著

**标签：平台人气主播 / 冰山异能少年 / 鬼知道我经历了什么 / 危险恋爱**

有爱内容简读：

说起来，我一直觉得你很像一个人。

一个见证了我前二十多年里少见的一次出糗的人。

命运捉弄的重逢后，又想用一辈子珍之重之妥帖收藏的人。

聂西遥将薛拾星紧紧搂在怀里，低笑。

"我已经牵连了你……薛拾星，我答应过，如果你遇到危险，我都回来救你，不管怎样我都会来救你。"

"聂西遥……"薛拾星的眼泪一下子流出来。

他呼吸很重，一下又一下打在薛拾星的脖颈处，但眼底一片平静。

"我会用我的一生保护你，你……信不信我？"

## 《顾盼而歌》

晚乔 / 著

**标签：耿直毒舌陶艺师 / 雅痞腹黑大明星 / 超能力 VS 免疫超能力 / 两个世界**

有爱内容简读：

"我不知道我在想什么，所以，你直接说。"

面前的人眼睫轻颤，小小的拳头捏在两侧，又害怕又期待的样子，让人恨不得把她一把抱到怀里，再不放开。顾泽低了低眼睛，难得地强行让自己镇定了一把。

这是他第一次在遇到意外的时候这样无措，原本觉得她爱逃，怕吓着她，但是……

"我之前不说，是因为觉得你没有准备好，而我对你没有把握。但现在看来，是我估算错误了。"顾泽的唇边漫开一抹笑意，如同滴在水里的墨色，慢慢晕开，直至蔓延到他的眉眼，变得极深，"很感谢你陪着我骗人，没有揭穿那条微博，但从现在开始，让它变成真的好吗？"

"你能不能再直接……"

"我喜欢你很久了。"

---

## 《三千蔬菜入梦来》

九歌 / 著

**标签：吃货萝莉 / 腹黑除妖师 / 活了一千五百年才初恋 / 妖王她是个土豆**

有爱内容简读：

千黎不知不觉就弯起了嘴角："我倒是对你更感兴趣。"

李南泠不禁打了个寒战："女孩子家家的，别笑得这么荡漾。"

她的声音仿佛有着蛊惑人心的力量，让盘踞在李南泠脑子里挥之不去的声音陡然间全部消散，他将那柄槐木剑高高举起，只一剑下去，所有锁链皆应声而断。

他脑子里也仿佛有根弦就此断去，无数记忆碎片蜂拥而至，如潮水一般涌来，纷纷灌入他脑子里。

渐渐地，那些碎片交汇拼凑成一幅幅完整的画面，犹如放电影般在他脑海里一帧帧跳跃。

他在这短短一瞬之间，仿佛又重新经历一世轮回……

**听我的话吧**

目　录

TING WO DE HUA BA

# 引子
— YIN ZI —

暴雨夜。

冰冷的雨水打在脸上，生疼。

身着黑衣的男人呼吸很喘，他全身已经湿透，但脚步匆匆毫不停歇。

他刚刚结束一天的课程，却在返回公寓的途中遭人跟踪。他心思敏锐，没一会儿就留意到，那是两张陌生的亚裔面孔，低调平凡的长相，初看并不惹人注意，但四处乱飞的警惕眼神却暴露了他们的心思。

那两人好像对黑衣男人无比熟悉，黑衣男人不想惹事，倒了好几趟地铁和公交车都没能甩掉他们。在行至一处僻静的公园时，那两人对视一眼，终于出手。森冷的刀锋、凌厉狠辣的手段招招致命。

但黑衣男人显然不是吃素的，他出身优渥，家庭环境使然，难免会遭遇各式各样的意外，所以他从小便接受名师的亲手教导，学习各种防身术。他徒手接了几招，便干净利落地迅速脱身，闪进了附近公园的树林深处。

跟踪的一个中年男人抹了一把脸上的雨水，眼神越发阴狠——

"追！"

黑衣男人的衣服被划破好几道口子，鲜血渗出来与雨水融为一体，可他并不在乎。他眉峰微蹙，眼睫微颤，嘴唇快速地一张一合，吐出一大串低语。

没几秒，随着巨大的嗡嗡声，一大团马蜂从树顶飞下来，循着两个钻进树丛搜寻的身影扑过去。

那两人惊诧不已，手忙脚乱地捂住裸露的皮肤，可根本遮掩不住。

马蜂钻着空隙行动。

随着一声声惊慌失措的惨叫，毒刺狠狠扎在了两人身上。

"哎哟！这是什么鬼东西？"

"是马蜂啊，大哥！马蜂！"

……

两人全然不复之前的凶恶气场，连滚带爬地几下蹿出树丛，浑身上下狼狈不堪。

"真是晦气！大暴雨天还能惹上马蜂！这下好了，让那小子给跑了！"

"老板交代的任务没完成，大哥，咱们接下来怎么办？"

"放心，只要那小子不回国，还在咱们的地头上，咱们总能找着机会干掉他……"声音渐渐骂骂咧咧地远去。

嗡嗡乱飞的马蜂安静下来，有秩序地返回了隐藏在黑暗中的蜂窝。

黑衣男人静默地立在树下，墨黑的眼眸微微眯起。他全然不顾身旁还有几只马蜂在飞舞，甚至还有一只慢悠悠地停在了他的肩头。他平复一下呼吸，缓步踏出树林。

那两人目的性极强地追杀和交谈的话语，让他心头涌起几分不安，他走到一处避雨的公交车站，掏出手机拨了一串号码。

不通。

他眉头皱起，又拨了另一串号码。

等了几秒。

"喂，哪位啊？"

电话那头的声音苍老而温和。

黑衣男人的嘴角因为这熟悉的嗓音，微微勾起一点弧度，眉头也松开了些许。他望一眼融入黑夜的高耸欧式建筑，缓缓开口："唐叔，是我。"

一道闷雷响起，他抬眼，撕裂的白光映得他的眸子越发锐利。

"我是聂西遥。"

# 第一章

— 迷雾重重 —

**Chapter.1**

电视机里噼里啪啦传出一串又一串严肃刻板的话语。

"经警方调查，于云南某处古墓附近发现了一具男性尸体，被害人的身份已被证实，为本市前首富聂楚丰。在他家中，警方发现了大量珍稀古董，聂楚丰生前疑似参与了一起重大国宝偷盗案件……"

薛拾星从卫生间走出来，瞄一眼电视上一本正经的主持人，一边用毛巾捋头发一边说："你什么时候也对新闻感兴趣了，宛朵朵大主播。"

宛朵朵松开怀里的抱枕，无奈地摊摊手，说："家里要交有线电视收视费了，目前只有这个台有新闻看，所以没得挑咯。"

薛拾星"哦"了一声，在她身旁坐下，也全神贯注地盯着电视。

新闻里的画面一闪而过，却让薛拾星不由自主地皱了皱眉。她刚从云南返回长河市，画面里的场景和她几天前待过的那个古城有几分相似。

不过，话说回来，云南这种特色古城多的是。

应该算不得是巧合。

电视节目里的主持人还在说个不停："……这起骇人听闻的谋杀案，目前已经初步锁定了犯罪嫌疑人……据悉，聂楚丰的妻子唐某现已不知所终，远在国外留学的儿子也失去踪迹……"

正说到紧要关头，"啪嗒"一声，电视黑屏了。

薛拾星和宛朵朵面面相觑两秒后，宛朵朵哀怨地叹一声："这下好了，电费也要交了，姐姐我都要穷死了！"

薛拾星安慰地拍拍她的肩膀，笑道："不怕，你可是我们直播界一颗冉冉升起的新星，多唱几首歌不就赚回来了？"

宛朵朵是直播平台的女主播，肤白、胸大、长得又甜美可爱，吸引了一大批宅男的目光。但她每日直播的内容却是唱歌，最奇葩的是，唱的大多是一些轻快活泼的童谣。

特立独行的行为在直播界杀出了一条血路。

而那群宅男依然乐在其中。

"拾星啊，"宛朵朵语气有几分悲戚，"今天我嗓子不太好，你去我直播室里串个场呗。上次你讲的故事把大家的胃口都吊起来了，只等你说后续呢。"

薛拾星也是直播平台的当红女主播，和宛朵朵不同的是，她的直播内容大多与动物相关。她外表清秀可人，温暖开朗的性格天生就能感染人。她凭借着丰富的肢体语言以及惟妙惟肖的配音在平台上走红。每每直播，都会人气爆棚，还被粉丝冠以"最会与动物说话的女主播"的称号。

薛拾星狡诈地笑了笑："想找我帮你串场啊，当然可以啊，我可是身价很高的哦，你打算怎么报答我呢？"

宛朵朵扑过来抱大腿，眼睛眨巴眨巴，声音甜得发腻："小女子打算以身相许，不知道'薛公子'肯不肯啊？"

"不不不，"薛拾星义正词严地拒绝，"你这招对我可不管用。"

"那哪招对你管用？"

"嗯……比如给我少算房租什么的……"

宛朵朵将手边的抱枕砸过去，白眼几乎要翻破天际："去你的，就知道占我便宜。"

"哪能啊，谁敢占我宛朵朵大主播的便宜？"

笑闹了好一阵，宛朵朵才走出房间交电费，毕竟下午还有一场重要的直播，耽搁不得。

薛拾星摸了摸依旧湿漉漉的头发，掐灭了想用吹风机的念头，认命地用毛巾继续擦。

交完电费，做好前期准备后，薛拾星打开电脑，照例开始一周两次的直播。她和宛朵朵不同的一点是，宛朵朵早已毕业，将直播当成了自己的职业，而她正在上大学，只是利用课余时间，做一些自己感兴趣的事情。

她的兴趣，就是研究各种小动物。

起初，薛拾星的父母并不同意她干这行，受电视新闻的影响，他们总觉得搞直播是不务正业的行为，且色情服务居多。

当薛拾星把室友宛朵朵介绍给父母认识时，更是遭到了父母严厉地反对。

妈妈甚至把她拉到一旁，小声地叮嘱说："你看看这个女孩子，袒胸露背的，保不准干些不正经的行当，你让妈怎么放心让你跟着她干这个？"

宛朵朵默默地在一旁无语凝噎，欲哭无泪，她恨不能冲上前说："阿姨你怎么可以以貌取人啊？我妈把我生成大胸，怪我咯？"

薛拾星跟妈妈好一番解释，还指天发誓了好几回，自己只是讲解动物视频，模仿小动物罢了，不会干任何有辱薛家祖训的事情的。

天知道，现在净网净得有多彻底，也就她和宛朵朵这种小纯良，能够安守本分地在自己的一方小天地里自娱自乐。

她清了清嗓子，将早已准备好的动物视频打开。

## Chapter.2

长河市公安局。

聂楚丰的尸体静静地停置在停尸房里，已经一个月有余。

聂楚丰的妻子唐佳梅和两人唯一的儿子聂西遥，依然不知所终。找不到关键线索人物，杀人案件几乎陷入了停滞不前的状态。

已是夜深人静。

一只麻雀挥了挥翅膀，稳稳地停在树梢上，发出一阵清脆的鸣叫声。

几秒后，本该空无一人的小楼里突然翻出一个矫健的身影，他穿着宽大的黑色外套，大大的帽檐遮挡住了上半张脸，只露出一截线条流畅的精致下颌。

他似乎很熟悉这里，没几秒就找到了目标。

他丝毫不犹豫，径直伸手拉开冷冻箱。

冰冷的白雾瞬间溢出来，静静地躺在里面的中年男人面容一点一点变得清晰，赫然就是新闻报道中被谋杀的聂楚丰。他脸色灰白却无比安详，不知道被冻了多久。

拉开冷冻箱的男人猛然扯下自己的兜帽，露出一张年轻而俊美的脸，他周身的气质被这股白色的寒气侵染得越发冷冽——他正是避开所有明里暗里的耳目，偷偷回国的聂西遥。

聂西遥骨节分明的手指紧紧抠在隔板上，眼睛里露出又悔又痛的情绪。

"爸。"

没有人应他，甚至连窗外的麻雀都停止了探头探脑的动作。

聂西遥暗自咬牙，小心翼翼地掀开聂楚丰的衣角，端详着胸口的刀伤。伤口已经微微发白了，很明显能看出作案人狠辣果决的手法，一刀致命。

好狠。

他已经从唐叔口中得知，聂楚丰前段时间被秘密约去了云南谈生意，还带上了唐佳梅一起。谁知，意外突发，聂楚丰被人谋杀，唐佳梅消失不见，种种线索都指向唐佳梅，她成了此案的重大嫌疑人。

家里除了年岁已高的唐叔，再无他人，也不知从哪里突然冒出了一堆国宝级古董。面对警方的质询，没有人可以做出合理的解释，这些古董价值连城，来路不明，再加上聂楚丰被谋杀的地方是一处尚未开发的古墓，墓里的东西皆不知所终。两者联系在一起，死去的聂楚丰就这样莫名其妙地被卷入了偷盗文物的案件中。

由此也可以隐约推测出，这接连的事故和之前对他聂西遥的追杀，极有可能是同一伙人所为。

层层布控，无一不是针对聂家。


到底是谁，要置他和他的家人于死地？

他心底的恼怒和恨意越发浓烈，抠住冰冷隔板的手指微微颤抖，但他却只能生生克制住种种复杂心绪，任由这刺骨的寒气渗入他的五脏六腑。


"喵呜！"寂静的楼外突然传来一只小猫的尖锐叫声。

聂西遥脸色一沉，飞快地收敛眸中情绪，手脚利落地将聂楚丰的尸体推回冷冻箱，然后不着痕迹地从二楼窗口跳了出来。

稳稳落地。

没过几秒，一道手电筒光从他之前待过的房间里一闪而过，值夜班的警员哼着提神醒脑的小调儿，和往常一样，巡视了一遍整栋大楼。

没有发现任何异常。

聂西遥隐在墙角，重新戴上帽子。他抬头微眯着眼望向那个窗口，嘴角抿成一条森冷的直线。

之前发出提示声音的小猫轻柔地蹭了蹭聂西遥的裤脚，小声"喵呜喵呜"了两句。

聂西遥回过神来，俯身揉了揉小猫的脑袋，眼神不自觉地染上一丝难得的温和。

"……多谢你了。"低低的尾音在夜风中快速消散。

小猫像是得到了鼓励，尾巴摇了摇，依依不舍地望了聂西遥几眼后，转身钻进了草丛中。

这个世界上，没有谁可以听懂动物的语言，除了聂西遥。

这个奇异的天赋，从他十八岁起，就伴随着他。

静了一瞬，聂西遥把帽檐又拉低了一些，不再说话，匆匆消失在夜色中。

**Chapter.3**

转眼又到周末。

薛拾星抱着一大袋从宠物医院买来的药往家走。

最近不知道怎么回事，她养的宠物小金蛇"小叮当"整日里病恹恹的，不仅什么东西都不吃，还一反常态地窝在宠物箱里，任凭她怎么逗弄都不理。

咨询了好几个宠物医生，都说这是正常现象，只能吃点药，暂时看看情况，实在不行就动手术。

薛拾星很是焦虑，却一点办法也没有。

今天又是薛拾星直播的日子，她情绪明显没有前几次那么高涨。

观众们看出了她的不对劲，连声追问她怎么了。

薛拾星一边说着俏皮话一边从宠物箱里把小金蛇捞出来，缠在手臂上，无奈地说："小叮当最近身体不太舒服，都不能陪大家一起玩了，你们有什么方法可以让它恢复吗？"

一条又一条的弹幕弹出来，大家七嘴八舌提供着各种办法。

有人说："带它去医院吧，我们不懂小动物的心情，只有医生最懂它呀。"

还有人说："啊！春天到了，又到了小动物们繁殖的季节，你是不是该给孤单的小叮当找一条小雌蛇了呀？"

甚至还有人提供了几个土偏方，其中有好几种陌生古怪的草药，她连名字都没听过。

薛拾星忍俊不禁，但还是一一感谢。

直播很快就渐入尾声了，无数条说着舍不得结束的弹幕里，一条特殊的弹幕吸引了她的目光。

"我有办法让你的蛇恢复如初。"这条弹幕反复出现了好几次。

不得不承认，薛拾星被这条弹幕吸引住了。

小叮当是父母几年前给她买的一条宠物蛇，她来长河市上大学起就一直带着它，把它当成自己的亲人一样呵护，从来没有出现过任何意外。

她按照那条弹幕留下的联系方式，发了条短信过去。

虽然可能只是一句玩笑话，或者只是为了吸引她注意才说的话，但不可否认，她被击中了，她确实无比担心小叮当的安危。

很快，短信得到了回复。

是一串某高档咖啡馆的地址和约见面的时间。

直播结束后，薛拾星跟宛朵朵提起这回事时，遭到了宛朵朵的强烈反对。

"那人不会是个变态吧？或者是偷偷爱慕你的粉丝，借着你对小叮当的宠爱，偷偷约见你？"宛朵朵胡乱猜测着，"仔细想一想真是太可怕了，拾星你可千万别去！"

薛拾星被她的推测说得一愣："我都答应他了，明天下午带小叮当过去见面。"

"不行，不行，不行！危险系数太高！"宛朵朵新做的鬈发在空气中摇得像个拨浪鼓，"要是你遭遇不测怎么办？我可就你这一个室友，你要是遭遇不测了，谁来跟我一起分摊房租？"

薛拾星哭笑不得："怎么可能？他约的咖啡馆在景盛大厦，人来人往的，保安也很多，他要是真意图不轨，也不会选在那里吧。况且我家小叮当的情况你又不是不知道，它现在心情不好，除了我以外的人接触它，都会被它咬的。那人说他有办法，那就死马当活马医，试试看好了。"

宛朵朵呆若木鸡，她掏了掏耳朵，目光从电视转向薛拾星，讷讷地开口问："你、你说他约在哪里？"

薛拾星又重复了一遍。

那地方寸土寸金，去那儿的人一般都非富即贵。

宛朵朵呆了两秒后，兴奋地一把抱住薛拾星，连声说道："拾星拾星，我又仔细想了想，那人说不定是个又帅又多金、心肠又好的宠物医生呢？错过了多不好啊，我看着小叮当这个样子，都替它难受……咱们就带着小叮当去试试看呗！"

"咱们？"

"嗯，咱们啊，怎么了？拾星你不打算带我一起去吃……啊！不对，带我一起去见网友吗？见网友哎，这是一件多么值得期待的事情啊！"

薛拾星："……"

## Chapter.4

次日下午。

聂西遥坐在靠窗的座位上等了有一阵了。

他好像很有耐心，一点也不着急，只偶尔抬腕看一眼手表，就重新将目光投向窗外。安静等待的侧脸宛如知名大师笔下的肖像画，凌厉却不张扬。

可惜的是，他面上一丝表情也无。

当薛拾星提着装着小叮当的宠物箱，按服务员的指示来到桌前时，看到的就是这样一幅画面。

她一边惊叹于聂西遥的年轻和帅气，一边暗自腹诽宛朵朵的拖拉，好不容易等到宛朵朵打扮好，居然闹肚子出不来门，害她迟到又有口难言。

薛拾星试探地开口询问："聂先生是吗？不好意思啊，迟到了一小会儿。"

何止啊……明明是迟到接近一个小时了……

聂西遥转头看过来，眼神冰冷不含一丝情绪。薛拾星被这眼神吓得心底发毛，还没开始交流，就冒出了打退堂鼓的念头。

但聂西遥的嘴角很快弯了弯，他放下手中的咖啡杯，站起身礼貌颔首。

"薛小姐。"

他身量很高，嗓音舒缓低沉。

气氛一下子和缓下来。


"聂医生，您说您有办法医好小叮当是吧？它这病恹恹的状态已经好几天了。"

落座后，薛拾星快速地切入正题，同时将宠物箱放置在桌面上。

聂西遥微愣，笑道："我不是医生。"

"不是医生？"这下轮到薛拾星愣住了，她狐疑地打量着聂西遥，"不是医生，那你怎么说可以让它恢复如初？"

不会是骗人的吧？

聂西遥伸手敲了敲透明的宠物箱，小叮当好像来了点精神，透过玻璃箱亲昵地贴了贴聂西遥的手指。

聂西遥收回手："我自然有办法。"

薛拾星不说话了，眼珠子转了转，显然还在猜测他话里的可信度。

聂西遥也垂下眼睫不说话，手指交叠支撑着下颌，笃定地等待着薛拾星的反应。


沉默了十多秒，薛拾星心思一定，对小叮当的担心让她妥协了。

薛拾星轻轻地将小叮当从宠物箱里拿出来，还没来得及叮嘱聂西遥一句，小叮当就自来熟地缠绕在聂西遥的手腕上，看得薛拾星的眼睛都直了。

"小叮当它不喜欢生人接触……嗯，你小心些啊！"

聂西遥看了薛拾星一眼，重新将目光凝在小叮当身上，他嘴巴动了动，好像在无声地自言自语。

小叮当吐了吐芯子，发出一阵阵"嘶嘶"的声音。

薛拾星模拟动物说话说习惯了，张口就来："小叮当说，它今天身体很不舒服，要是有做得不对的地方，请多多包容啦。"

聂西遥诧异地看一眼薛拾星。

"你说什么？"

薛拾星意识到了自己的失态，尴尬地吐了吐舌头："抱歉啊，习惯了习惯了，我是做主播的，这是职业病，你别在意啊。"

安静了几秒，聂西遥才含笑道："没关系。"

倒是说得八九不离十，他若有所思地垂下眼睫。


在薛拾星的注视下，聂西遥摸了摸小叮当的脑袋，小叮当顺从地张开嘴，任由他检查。

薛拾星瞠目结舌，眼睁睁看着聂西遥把纤长的手指伸到了小叮当的嘴里，不过几秒钟，就从它的嘴里取出了一个尖锐的小钩子来，带着些血丝。

他一边取一边温和地对薛拾星说："应该是误食，卡在了喉咙里。这种钩子一旦截到肉里很难除去，咽不下也吐不出。现在取出来，应该没关系了。"

话音刚落，小叮当以迅雷不及掩耳之势一口咬在了聂西遥的虎口上，殷红的血液霎时间就流了出来。

意外突发，聂西遥声音一停，脸色一下子冷掉。

"天哪！你没事吧？对不起对不起，我早该注意到它的异常的……"薛拾星一边道歉一边拿纸巾手忙脚乱地捂住聂西遥的伤口，"你放心，它是无毒的蛇，不会对身体造成什么伤害的，我这不是在开脱……我是说，我会对你负责的，医药费什么的不要担心！"

聂西遥面无表情地用另一只手捏住小叮当的七寸，嗓音发寒："负责？"

小叮当芯子吐得更欢了。

薛拾星望一眼小叮当谄媚的样子，恨铁不成钢，但还是信誓旦旦地点头，伸手去接聂西遥手指间的小叮当，生怕聂西遥看不出自己眼睛里的诚恳："对，你别担心，你治疗伤口的医药费我来付就好，指下留蛇哈，指下留蛇。"

"你觉得我付不起这么点医药费是吗？"聂西遥的声音一寸寸压低，扑面而来的压迫感吓得薛拾星大气也不敢喘。

薛拾星呆了两秒，直直看着他。趁这个空当，小叮当哧溜一下钻回了宠物箱里。

"所以……你的意思是？"

......

聊完后，薛拾星起身离开。走了十几步远，她抱着宠物箱，又鬼使神差地回头望了一眼聂西遥。

聂西遥墨黑的眸子微微眯起，看不出他在想些什么。他偏头望着窗外低声自语，薄凉的嘴角边甚至带着一抹讽刺的笑，和见面之初表露出的温和的样子大相径庭。

薛拾星的大脑又一次敲起了警钟。

这是个危险的男人，而且还有点神经质。

她在心底暗暗提醒自己，以后尽可能离他远一点。

不对，不该有以后。

做完他嘱托的那件事后，就再也不与他联系。

**Chapter.5**

聂西遥蓦然间蹙眉望向薛拾星之前离开的方向——什么也没看到，她早已经离开多时了。

聂西遥收回目光，又细细叮嘱了窗外的白鸽几句。

白鸽歪歪头，尖利的爪子抠在窗沿上，用只有聂西遥能听懂的话回复了几句。

在旁人的眼里，只觉得坐在窗前的黑衣男人神秘莫测，举手投足间有种蛊惑人心的力量，和白鸽之间的互动有种奇异的和谐感。当然，神秘莫测的推测是基于他长相出众。要是换一个样貌平庸的人，这么絮絮叨叨地冲着小鸟说话，指不定就会被人说成是个神经病了。

白鸽扑腾着翅膀飞远后，聂西遥才悠悠移开视线，捏起落在桌子上之前从小叮当嘴里掏出的小钩子把玩，钩子的一头很尖锐，上头沾着的血液已经干涸，刺进肉里的确很不好受。

此时此刻，找出聂楚丰死亡事件的真相刻不容缓，还有唐佳梅的无故失踪也非常可疑……

他自然不信自己向来软弱的母亲会杀死父亲，更何况他们无比恩爱。

聂西遥在动物朋友的帮助下，独自搜寻了好几日，都找不到任何主犯的苗头。要么是线索早已被掐断，要么就是这个案件背后的真凶，比他想象的隐藏得更深。

更何况，幕后主使至今没有露过面。

以聂西遥的身份，目前并不能在公众场合出现，这只会让他的行为束手束脚，而且会加速隐在暗处那人的打击报复。

所以，他挑中了网络直播平台。

而薛拾星，曝光度高、人气旺盛、口碑也好，主打的动物视频也与他的异能不谋而合，再加上她为了自己的宠物，在网络发声求助……

聂西遥眯着眼摸了摸虎口处的伤口，经过咖啡馆工作人员的紧急处理，血已经止住了。这是他暗地里与小叮当对话，指使小叮当咬的，并非意外。

只希望这一下没白挨才好。

他随手将钩子丢进垃圾桶里，再端起桌前早已经凉透的咖啡，慢条斯理地抿了一口。

现在，时机未到，只能等。

薛拾星垂头丧气地回到家，刚一打开门，就被宛朵朵敷着面膜凑上来的大脸给吓了一跳。

宛朵朵犹不自知自己的惊悚程度，拍了拍胸口："你这么晚还没回来，我还以为你和网友见面真出意外了，正打算冲出去救你呢。"

薛拾星将宠物箱搁在地板上，有气无力地看她一眼："得了吧，就你这样，可别吓坏楼下的广场舞大妈。"

宛朵朵按住自己的嘴角，克制住笑意，才含混不清地问："怎么样啊？你家小叮当医好了吗？"她瞄一眼宠物箱，"还真别说，它现在的确活泼了不少……哎，那个人长什么样？帅不帅？"

薛拾星脑海里瞬间回想起聂西遥端着咖啡杯，凝望窗外的样子，带着点阴郁的孤独感，神秘又优雅，也不知道他当时在看些什么……

思绪不由自主地飘远了。

宛朵朵的手在薛拾星眼前晃了好多下，薛拾星才回过神来，表情哀怨："哦，帅倒是挺帅，只是不小心被小叮当咬了一口。"

宛朵朵捂住心口，作痛心疾首状："都怪我吃坏了肚子，不然就可以陪你一起去……哎，你说什么？你说小叮当咬了那个大帅哥一口？！"她的眼睛瞪大，面膜再也承受不住大幅度的面部表情，"啪嗒"掉在了地板上。

"对啊，结果我莫名其妙地答应了他一个要求。"薛拾星越发沮丧。

宛朵朵打断她："咬了哪里？是脸颊？还是嘴唇？或是什么不可言说的地方？"

薛拾星幽幽看她一眼："……"

宛朵朵叹口气，只恨咬了那个帅哥一口的，不是自己。

薛拾星也跟着叹了口气，已经开始为下次的直播内容而忧愁了……

## Chapter.6

时间过得很快，又到了周六固定的直播时间。

电脑一头的薛拾星绘声绘色地跟观众们讲述着一起骇人听闻

的案件。

她讲故事的语言天赋极高，再配合一些肢体动作，让观众们有种身临其境的感觉。

故事刚刚讲完，屏幕就被"是真的吗？是真的吗？""好可怕啊……""小星你不害怕吗？"等言论刷满了。

薛拾星咧嘴笑了笑，一本正经地说："当然是……吓唬你们的咯，如果真的亲眼看到这么可怕的事情，像我这么机智的人，当然会第一时间选择报警的啦。"

故事说完了，她心情有几分忐忑，但还是习惯性地露出俏皮可爱的笑脸："怎么样，怎么样？是不是觉得我也有讲恐怖故事的天赋？有没有更加崇拜我了？"

屏幕上又被新的言论刷屏。

"吓死我了！"

"还好是编的。"

"我就说嘛，小星这么可爱的人，要真目睹这种场景，岂不是得吓昏过去？哈哈哈哈……"

……

电脑那头的聂西遥平静地看完了整场直播，屏幕上表情生动活泼的薛拾星已经开始说结束语。

他摸了摸下巴，眸子墨黑，有莫名的情绪在翻涌。

他手指飞快地编辑了一条短信发送出去。

薛拾星结束了直播关闭了电脑，舒口气，刚喝了口水润润嗓子，就被弹出来的短信内容呛了两下，一口水险些喷出来。

"倒是比我的原话更有意思，我都要怀疑，你真的看到案发经过了。"

薛拾星仿佛能通过这寥寥一行字，听到他不急不缓的低沉嗓音。

薛拾星干笑两声，快速回了过去。

"哪能啊，我这不是按你的吩咐编故事嘛，你只需要夸我的润色功底强就好！"

聂西遥捏着手机沉思了良久，才兀自笑了一声。他的脚边窝着一只乖巧伶俐的小花猫，尾巴晃悠悠地缠住他的西装裤腿。他弯腰把猫捞到怀里，修长的手指有一下没一下地抚弄。

小猫舒服地"喵呜"两声，他见状，冷漠的脸上终于浮起一丝温情的笑意。

"真是个傻姑娘。"他低声喃喃。

不知道是在说猫，还是说别的什么人。


薛拾星惴惴不安地等了好久，才等到聂西遥的回复。

"我自然信你。"

薛拾星松口气，丢开手机，躺倒在床上。

刚一闭上眼，就回想起刚才口中那个"故事"的场景，真实的画面扑面而来。

这便是聂西遥提出的条件，作为咬伤他的补偿，让她在直播平台当着无数观众的面，说出这个故事。

故事的内容是一个中年男人在陌生的山头被人谋杀而死。虽然聂西遥只是三言两语，时间、地点也说得很模糊，却让薛拾星瞬间回想起了暑假在云南旅游期间的一个夜晚。


那晚月朗星稀，和平日里没什么两样。

古城里静谧又安全，她和旅馆里的老板娘打了声招呼，就背着背包独自出门了——

早在几天前，她就和住在古城的大学同学约好了，一起去看狮子座流星雨。从小在城市里长大的她，从来没有机会看过，自从在电视上看到新闻，就琢磨着要好好见识见识，还为此暗自兴奋了好几天。

她比约定的时间早到了半个小时，正一个人百无聊赖地吹着山风，突然，一只雪白的兔子一瘸一拐地从她身旁跳过，好像一点也不怕生，偏着脑袋瞧了她好几眼，才朝着灌木丛里跑去。

那只兔子和平常所见的家兔长得有些不一样，薛拾星好奇心突起，趁着时间还早，便尾随着兔子走进了树林里。

谁知刚走了几步，兔子就不见了踪影，她倒是断断续续听到树林深处两个男人在争执。

"……阿灏，这种伤天害理的事情还是不要干的好，况且你现在身处高位，一个不留神就会被人抓了把柄。"一个男人苦口婆心地劝道。

"怎么可能会被抓把柄，只要你不说，我不说，这世上就不可能会有第三个人知道！还是说……你要去告密不成？"另一个男人回道。

"阿灏，你胡说些什么？这么多年了，你还不了解我吗？我可能干这种事吗？"劝说的男人好像有些生气。

"嗬……谁知道？"

两人争执不休，谁也不肯放松。

……

薛拾星随意听了两句，并没有太过在意，就匆匆找路走了出来。毕竟人生地不熟的，迷路就不好了。

直到第二天才听旅馆老板娘无意中提起，昨晚她所在的树林里出了事，死了一个人……

聂西遥和之前自己在云南的那次见闻是否存在某种关系呢？

自己不过是按照那次的见闻添油加醋润色了一下这个故事，没想到却与聂西遥的想法不谋而合。

这究竟是巧合，还是真相？薛拾星暗自思忖着聂西遥的意图。

"聂"这个姓氏最近好像经常听到……

脑海里灵光一闪，薛拾星一骨碌从床上爬起来，搜索最近的热点新闻。

她缓缓地滑动屏幕，看完整条新闻的同时，也看到了熟悉的字眼——长河市前首富聂楚丰之子，聂西遥。

已经很晚了，但某个僻静富人区的一栋仿欧式风格的白顶别墅里，依然亮着灯。

亮灯的房间里坐着一个貌美的中年女人，保养得极好的皮肤，几乎看不出岁月的痕迹。

她秀气的眉头紧紧蹙在一起，眼睛里充满了悲戚，像是沉浸在极度痛苦之中。

她口中反复念叨着两个名字："楚丰……小遥……你们在哪里……你们在哪里……"

回复她的，是死一般的寂静。

她终于无法忍受这股沉默，疯了一般地冲到门口上下摇动门把手，试图破门而出，但门被锁住了，岿然不动的防盗门好像在嘲笑她的又一次不自量力。

而她，已经在这种状态下生活了一个多月了。

试了好一阵，她才颓然地瘫坐在地板上，以手捂面小声抽泣，一个多月前细细雕琢过的精美指甲早已经斑驳不堪。

"我的……小遥啊……"

支离破碎的言语从女人喉咙里倾泻而出。

正是聂楚丰失踪多日的妻子，谋杀案件的重大嫌疑人——唐佳梅。

# 第二章

— 初出水面 —

**Chapter.7**

离那场直播已经过去好几天了，薛拾星渐渐将这件事连同聂西遥这个人抛到脑后。像他这种行为古怪的危险人物，她还是离远一点比较好。

宛朵朵虽然嘟囔着可惜，但也没有多说什么。

直到薛拾星的手机里收到一条匿名的短信，她才明白过来，那次的直播已经朝着不可预知的方向发展了。

短信的内容一目了然，薛拾星仔细研究了半天，才叹了一口气一脸严肃地对宛朵朵说："怎么办，朵朵，有人威胁我哎。"

宛朵朵惊讶不已，抢过手机看，还逐字逐句地念出来："那起谋杀案，你知道多少？小心言多必失。"

念完，宛朵朵眼睛夸张地瞪大："你之前在直播里说的故事是真的啊？我还以为你真有改行当小说家的潜质呢！"

薛拾星摊手，笑容无辜："我哪知道是真是假啊，我全是按聂西遥的话说的啊。"

宛朵朵点头，一本正经道："那就别理了，你直接回复一句'本故事纯属虚构'不就行了？"

薛拾星也点头："好像很有道理的样子。"

她把手机收回口袋里，笑道："但是，你不要把对方当成你一样好不好，因为一条随随便便解释的短信，就信以为真。"

宛朵朵老半天才反应过来："你是说对方不会轻易相信这个解释……不对！你骂我傻是不是！"

薛拾星挤眉弄眼："我只是说实话而已呀。"

这句话又惹来宛朵朵的一阵捶打。


口头上虽然开着玩笑，但薛拾星心里却还是有几分不安。

她琢磨着，得找机会跟聂西遥通通气，别到时候找他寻仇的人找错了门，那可就不好了。

冤大头什么的，她可没兴趣当。

夜色降临，伏蛰了许久的月亮一点点冒出头。

某个高档包厢里，两个相貌同样出众的男人分坐两头，相对无言。

聂西遥白衬衣黑西裤，手里捏着份当天的报纸仔细看。

另一头的邵一源早已经习惯了聂西遥这副淡漠的样子，无所谓地耸耸肩，将烟送到嘴边，边点火边说道："怎么，案子还没查明白啊？这年头科技这么发达，想找出个杀人凶手来，不是分分钟的事情吗？"

聂西遥抬眸看他一眼，敲了敲桌子，慢条斯理地说："室内禁止吸烟。"

邵一源"嘁"一声，将打火机甩到沙发上："讲究！"

"我要找的不仅仅是杀人凶手，还有幕后主使。"聂西遥放下报纸，蹙眉揉了揉太阳穴。这几日薛拾星那边一点动静也没有，也不知道直播有没有达到预期效果。

他转移话题："你爸那边怎么说？"


邵一源是长河市市长的儿子，也是聂西遥从小玩到大的铁哥们儿。虽说这几年聂西遥去了国外念书，但两人的关系一直没断。这次回国也多亏了邵一源的帮助，他才能安稳地藏身至今。

邵一源颇有些烦躁地弹掉烟灰，狭长的桃花眼向上一翻："还能怎么说？古董偷盗案可不是什么小事，他怕惹祸上身，让我不要跟你联系呗。"

墙倒众人推，怨不得旁人。

聂西遥沉默了一瞬，手指收紧："多谢了。"

"说什么呢，你跟我客气什么啊？聂叔叔和唐阿姨待我像亲儿子一样，我还能怀疑他们不成？"邵一源吐出一口白烟，慵懒地靠在沙发上，眼皮子掀开一条缝，"啧，要我说啊，聂叔叔就是人太好，这才平白无故遭了暗算！"

聂西遥若有所思，垂下眼睫："或许吧。"

正说着话，窗外突然冒出一只白鸽，扑腾着翅膀，发出"咕咕"的尖锐叫声。

邵一源闻声推开窗户，抓了抓头发，不耐烦地喊："去去去！大晚上你叫什么叫？再叫本少爷把你抓回去炖汤啊！"

聂西遥皱眉，眼睛望向窗外，很快就注意到了楼下路灯旁慢悠悠晃荡的薛拾星。

谨慎起见，聂西遥安排白鸽帮他定位了薛拾星的住址，还特意将约见邵一源的地点选在了薛拾星家附近。他之前嘱咐过白鸽，让它时刻注意薛拾星的动静，一有不对立刻通知他。

这只白鸽聪敏得紧，不会平白无故就来找他……

除非……

他眼风略微一扫，就看到了跟在薛拾星身后的那个身影。

任他怎么也想不到的是，居然是个老熟人。

他瞳孔微缩。

街上人不多，一个微胖的花衬衣男人隔着十几米的距离慢慢走在薛拾星身后，眼睛东看看西瞧瞧，时不时警惕地瞄一眼前方的薛拾星，掩饰的动作有些生疏。

聂西遥眼神越发冰冷。

邵一源狐疑地看一眼聂西遥，丢开烟蒂，也望向窗外："你看什么呢？这么入神。"他手臂往窗外一搭，"……哎，那个胖子好眼熟，不是孟灏叔的司机老许吗？"

## Chapter.8

薛拾星除了喜欢在网上收集动物视频讲解外，还经常去动物园进行实地直播。惟妙惟肖地模拟动物之间的交流对话，也是她直播的一大亮点。

薛拾星的爸妈是动物园的员工，所以薛拾星从小就老往那儿跑。上到园长下到清洁阿姨，没人不认识她。这会儿已经闭园了，她却可以畅行无阻。

她正在心里盘算着等会儿去哪个馆，手臂就被人猛地一抓，她一个趔趄，还没反应过来，就被扯到了一个陌生男人的怀里。

难道是传说中的劫色？

想她薛拾星在直播界也是有几分姿色、有几分人气的，不能一世英名毁于一旦啊！

她哆哆嗦嗦头也不敢抬，一边挣扎一边小声地喊："大哥你别激动，这种事情急不得啊，要不我借你点钱，你去找……"

"闭嘴！"

薛拾星僵得更厉害了，继续碎碎念："大哥，你是不是觉得我没钱啊……别啊，我我我包里还有台笔记本电脑，虽然用了些年头了，但应该还是值几个钱的……"

"薛拾星！"那个刻意压低的声音颇有些咬牙切齿的意味。

咦？认得我？

难道我已经从直播界火到现实中了吗？

借着昏暗的灯光，薛拾星抬头看，她呆了两秒，才认出这个下巴的主人属于谁。

紧张的情绪突然松懈下来，她默默松开刚从包里找到的一瓶小小的防狼喷雾。

聂西遥并没有看她，而是一直注意着转角处大街的动静。他们此刻正站在一片阴影处，再走几步就是交叉路口。

他的呼吸很轻，明明离薛拾星还有一段距离，但薛拾星偏偏觉得那呼吸轻轻落在了她脸颊，微微发麻，战栗一片。

过了漫长的好几十秒，紧箍的手臂才骤然松开，聂西遥退后几步，这才冷着脸收回目光看她一眼。

他的嗓音很淡："你就这么没骨气？"

薛拾星愣了愣，揉了揉僵掉的脸，不服气地说："骨气能当饭吃啊？保命才是最重要的事情吧？任哪个单身的弱女子碰到这种事情都会害怕吧？"

"弱女子？"聂西遥瞟了一眼她收起防狼喷雾的动作，"胆子小就不要晚上出门。"

薛拾星哼哼唧唧地撇嘴："我出门当然是有要紧的事情啊……话说，你偷偷摸摸拉我躲在这里做什么？有仇家追杀你呀？"

"有人跟踪你，你没发现吗？"聂西遥注视着她的眸光清冷，似映着一弯新月，低低的声音毫无起伏。

薛拾星悚然一惊，全身的汗毛竖起来："有人跟踪我？！"

聂西遥不置可否。

薛拾星更加警惕："我与人无冤无仇的，怎么会有人跟踪我……哦，我明白了。"

薛拾星将手机掏出来，递到他面前："是跟这件事有关，对不对？我今天白天收到了一条匿名短信，提到了上次直播的那起案子，我正想找机会告诉你来着。"

聂西遥接过手机，两眼就看完了。

"好，我知道了。"他一边用自己的手机记下号码，一边淡淡答道。

"就这样？你没别的想说的？"

"放心，我不会牵连到你。"

聂西遥从转角处走出来，朝之前薛拾星走来的方向看了一眼。人来人往，那个微胖的花衬衫男人老许已经不见踪影。

他薄凉的唇讥讽地向上一扬。

事情的进展真是越发扑朔迷离了，想不到放置了好几天的鱼钩，钓起了这么一条意料之外的鱼。

孟灏一方的举动，真是耐人寻味……

薛拾星心里有些发堵，踢踢踏踏也跟着走出来，嘟囔道："怎么不会牵连到我？短信都发到我这里来了，现在还有人跟踪我，人家说不定真觉得我亲眼见到了现场，想要找到我，杀人灭口也说不定！"

她越说越激动，只觉得自己亏大发了。

仔细想一想，我薛拾星好歹也是直播界的公众人物，要是无缘无故陷入这种误会里，岂不是成了天大的笑话吗？

"所以呢？你想怎样？"

聂西遥冷淡的态度让薛拾星更加憋屈："哎，你有没有搞错，什么叫我想怎样？你不应该给我一个合理的解释吗？比如那起案子和你之间的关系……你别以为我不知道，我之前看过新闻的，你要我在直播中提及的案子就是云南那起谋杀案对不对？你是古董大盗聂楚丰的儿子，对不对？"

说到最后，薛拾星语气越发笃定，觉得自己不仅拥有美貌，而且智商超群！

"古董大盗？"聂西遥微眯着眼，重复了一遍。

薛拾星不知道哪儿来的勇气，郑重其事地点头："可不是！"

聂西遥冷笑了一声，眉眼里隐含刺骨的讽刺。

"你威胁我？"他的尾音低低上扬。

他走近几步，高大的身影笼罩住薛拾星，手臂也抵在她与墙壁之间："怎么？你也和那伙人一样，别有目的是不是？你也想要我的命，是吗？"

他寒星般的眼眸冷冷盯着薛拾星，字里行间咄咄逼人："你想要吗？"

薛拾星被他的眼神吓得呆滞了两秒不敢呼吸。

唔，传说中的壁咚，而且是带着危险性质的壁咚。


薛拾星自小是个乖乖女，虽然读书期间陆陆续续有过不少追求者，但还是秉承着不能早恋的规定，和男生连手都没有牵过，更别谈脸贴脸地对视。

她唰地瞪大眼睛，心跳骤然加速，憋得脸微微红，但还是梗着脖子，一脸无所畏惧地道："你、你、你想干吗？我才没想要你的命，我只不过是想知道真相而已，这么不明不白被你蒙在鼓里，这么不明不白被人威胁，这么不明不白被人跟踪，任谁都会不舒服吧？！"

薛拾星压低声音小声吐槽道："我就知道，一遇到你准没什么好事……"

聂西遥盯了她好几秒后，才吐出一口气，移开视线不再继续盯着她。

薛拾星提到嗓子眼的心终于回位，她小心翼翼地控制住自己的呼吸，生怕被聂西遥发觉自己的不淡定。

别害怕，薛拾星！不能轻易向恶势力低头！薛拾星暗自在心里给自己打气。

沉默了半晌，聂西遥才勉强按捺住心底烦躁情绪的涌动。

自看到孟灏司机的那一刻起，他脑子里紧绷的一根弦好像不堪重负，突然断掉了。所有的线索突然指向孟灏，这让他有些焦躁不安，险些控制不住自己的行为。孟灏是父亲聂楚丰多年的好友……他怎么也不敢相信……

"抱歉。"聂西遥松开禁锢的手臂，低声说。

"现在跟踪你的人已经走了。你要去哪里？我送你好了。"

动物园熊猫馆。

薛拾星将电脑屏幕对准馆内那两只憨态可掬的小熊猫，它们应该是刚刚睡醒，现在精力充沛得很，抱着竹子打闹成一团。

薛拾星正说得眉飞色舞、手舞足蹈，两只小熊猫的调皮动作俨然被她脑补成了一出精彩的大戏。她声音里的欢愉仿佛能透过小小的屏幕，传达给每个观众。

聂西遥长身玉立，站在不远处，脸上没什么表情，静静看了她半晌，耳旁还隐隐传来那两只熊猫不满的说话声。

心情欠佳的情况下，种种声音交织在一起，扰得人头疼。聂西遥走远几步，遥遥望向墨黑的天空，无边的夜色不知道延伸向何处，一颗星星也没有。

……

啧，真吵！

## Chapter.9

从动物园出来，时间已接近晚上九点了。这条街本就不繁华，此刻已经没几个人了。

薛拾星抱着电脑慢慢跟在聂西遥身后，看他老半天没说话，探头探脑地问："你怎么还不走？难道要送我回家？"

说实话，薛拾星从第一次见聂西遥起，就有些怕他。总觉得，像他这种人，不该和自己有任何交集。

可他却通过网络平台帮助了自己，现在回想起来……还真是有些古怪啊……

真是让人看不透啊，看不透……

聂西遥还没作答，就被一阵急促的车鸣声打断。

"嘀嘀嘀——"

刺眼的远光灯猛然亮起，一辆骚包的白色跑车缓缓停靠在了两人身旁。

车窗缓缓摇下，露出一个容貌称得上惊艳的男人，挑染的紫色头发衬得他的眉眼越发邪气张扬。

邵一源轻佻地吹了声口哨，将手肘搭在窗沿，眼风一扫，就瞥到了聂西遥身后的薛拾星。长得清清秀秀、白白净净的，倒是挺符合他最近胃口的。

他打了个响指，嘴角勾起，迷人的桃花眼漾出几丝暧昧来："哟，我说聂公子怎么急急忙忙地丢下我跑出去了，敢情是为了见美女啊！啧，为了等你俩，我可吹了一个多小时的凉风，说吧，怎么赔偿我？"

薛拾星面对这番调侃有些尴尬，聂西遥却是一副习以为常司空见惯的样子。

邵一源冲薛拾星眨了下眼睛，嘴角勾成一个迷人的弧度："美女来认识下呗。"

聂西遥没搭理他，一把拉开车门，扭头对薛拾星说："进去。"

薛拾星钻到一半才反应过来，说："你莫名其妙替我甩掉跟踪的人，莫名其妙送我去动物园，现在又莫名其妙送我回家……你想干吗？"

她越脑补越无端生出几分紧张，说："我是不是快要成为你的替罪羊了？所以你心里过意不去，想稍微弥补一下我？"

邵一源"扑哧"笑出声来，他睨一眼聂西遥，那眼神里的意思赤裸裸的：你到底从哪儿找来这么一个脑洞大开的奇葩姑娘？

聂西遥跟在她身后上了车，静默两秒，才轻描淡写地说："我不想干吗，只想介绍一个朋友给你认识。"

他指了指前座的邵一源："你要是遇到什么麻烦，可以找他。"

虽然安排了白鸽时刻关注薛拾星，但现在跟踪事件已经发生，如若薛拾星这边真出现什么不可预知的意外，他可能无法按时赶过来，找邵一源帮忙是最好的选择。

虽然，他认为跟踪薛拾星的人不会对她造成什么实质性的伤害，他们的目标是他，但为了保险起见，他还是早做了安排。

薛拾星一愣："那你呢？"

聂西遥没说话，别开脸。

邵一源插进来："聂西遥你这样可真不够意思啊，毫无人情味。"他转向薛拾星，手指间夹了张名片递给她，语气暧昧，"邵一源。有任何事情都可以找我，我可和聂西遥那个大冰块不一样，我向来对你这种美女有求必应。"

最后四个字被他说得轻飘飘的。

薛拾星被他的口气吓得往后一缩，干笑两声："谢谢你哦，你人真好。"

才怪。

邵一源笑了，转回头专注开车，他安静下来的样子，倒挺有几分贵公子的姿态。

聂西遥冷着一张脸望着窗外陷入沉思，薛拾星不知怎么了，呆呆看着他的侧脸也陷入了沉思。自认识他起，他的情绪好像从没有过大幅度起伏，就像一个没有喜怒哀乐的人一样。

即使是几个小时前，他突如其来的质问，也收得非常快。

看了好一会儿，她才移开视线不再继续看聂西遥，望向自己那头的窗外。

邵一源透过后视镜清清楚楚地看到了薛拾星的动作，他饶有兴致地摸了摸下巴。


待薛拾星进屋了，邵一源才把探寻的目光从她身上收回。他一边到处摸打火机，一边冲后座的聂西遥道："头一回见你主动勾搭姑娘啊，怎么？想通了？不打算在你的青梅竹马孟千蓝一棵树上吊死了？”

聂西遥把落在后座的打火机丢给他。

“她是她，我是我，别把我们混为一谈。”

邵一源利落地接过，撇了撇嘴："啧，孟千蓝那姑娘也是可怜，追在你身后这都多少年了？一点进展也没有，我看着都心疼。"

“关我什么事？”

“啧啧，真是够无情的。就你这样，居然还有那么多小姑娘前赴后继，这个世道啊！”邵一源低头点烟，惬意地吸了一口后说，“怎么，你真看上那个小主播了啊？”

等了半晌，聂西遥都没回话，邵一源疑惑地转头看。聂西遥正眸光沉沉地盯着窗外不远处，不知道在看些什么，反正，压根没注意自己的话。

“啧，发什么呆啊？问你话呢！”

“嗯。”聂西遥随口应一声，扬了扬下巴示意外头。

邵一源莫名其妙地看过去，表情渐渐从惊讶转为了然。直到那个花衬衫的身影慌慌张张走远，他才把玩世不恭的表情一收。

他别有意味地和聂西遥对视一眼，嘴角微不可察地向上弯了弯。

“哟，这可有意思了。”


老许垂头丧气地在薛拾星家附近溜达了很久。

之前不知道怎么回事，跟得好好的，突然有两只疯狗跑过来追着他咬，足足跑了三条街才停下来。害他跟丢了目标不说，还跑坏了一双新买的皮鞋。

他在薛拾星家门口踌躇了好几个小时，叹口气打算离开，第二天再继续时，一辆扎眼的白色跑车停在了她家门口。

他下意识地躲在一旁，警觉地盯着瞧了好一会儿，眼睁睁地看着薛拾星下了车，和车子里的人挥手作别。

他揉了揉眼睛，脸色一点点变得灰白。

车后座那个穿着白色衬衣、表情淡漠的年轻男人，不正是聂家那个失踪的小子吗？！

## Chapter.10

已经是晚上九点了，市中心某栋高楼大厦的办公室里，如往常一样，依旧亮着柔和的灯光。

头发早已花白的孟局长还在兢兢业业地工作，他在城建局长的岗位上干了十多年了，在位期间做了许多善举，生活清廉，一直备受长河市民众爱戴。

他不时翻动着桌面上的报纸，摩挲着报纸的纸张，陷入沉思。报纸一个小小的边角上写着一则新闻：聂楚丰古董盗窃一案警方尚在跟进调查中。

按理说没有人会注意这则不起眼的新闻，但孟灏却直勾勾地看了好久。

直到一阵急促的敲门声打断了他。

"进来。"

老许推开门，抹一把额头上的冷汗，颤颤巍巍地喊："孟局长。"

孟灏抬头看他一眼，招手，笑意温和："是老许啊，什么事这么火急火燎的？"

老许小心地带上门，压低嗓音磕磕巴巴地开口："局长，聂西遥那小子，他、他回国了！我刚才亲眼看到他了！"

孟灏脸色微微一变，目光如炬："你确定真的是他？"

"肯定是他！千真万确！我绝对不会认错！"

老许跟着孟灏干了好多年，也眼见着孟灏至交好友聂楚丰儿子聂西遥的成长。那孩子从小就心思深沉、不苟言笑，连极会察言观色、眼光毒辣的自己，都几乎感觉不到他的喜怒哀乐。

每每被聂西遥冷冷的眼神审视，老许就浑身不自在，仿佛他的那些小心思已经无处遁形。

那白色跑车后座的男人，可不就是聂西遥，谁能学得来他的神情？

看孟灏没有太大反应，老许又接着说："他和那个您要我跟踪的女主播薛拾星在一起，还有邵家的儿子也和他们在一块，看样子，那女主播可能真的知道些什么实情……还有邵家，不会也想着帮聂家出头吧？"

孟灏沉吟半晌："你说老邵啊，量他还没有这个胆量。至于邵一源，游手好闲之徒，掀不起什么风浪，也不用搭理他。"

"可是……"老许还是有些心慌意乱，"聂家那小子不会怀疑到我们头上了吧？当时在国外，我们的人没有得手，他失踪了一个月，没想到现在居然偷偷回国了，还和那个女主播混在一块。您说他会不会怀疑聂楚丰是被我们……"

"老许！"孟灏厉声喝止住他，"你慌什么？"他起身踱了几步，一贯和蔼可亲的脸阴狠得变了形，"他回来了，离我们更近了，不是好事吗？"

老许惊讶了两秒，迅速反应过来："是是是，那我这就派人……"

斩草除根。

"爸——"

一把清脆的女声打断了两人的交谈，紧接着，门被无所顾忌地推开。走进一个美艳的时髦少女，她拎着新款的奢侈包包，踩着细长高跟鞋，脸蛋精致却傲慢无比："我就知道你还在局里忙……"

她推开门率先看到老许，漂亮的眼睛里闪过一丝嫌弃："啊，是许叔叔啊，你怎么也在？"

老许忙不迭地点头："千蓝。"

孟千蓝细长的眉毛一扬，皮笑肉不笑地说道："不用这么客气的，许叔叔，你跟大家一样，叫我孟小姐就好。"

老许有些尴尬，脸涨红，声音细若蚊蚋："孟小姐。"

孟千蓝不再理会老许，径直走到孟灏跟前撒娇："爸，下个月在景盛大厦有一场我的时装展，时装展后还有晚宴，我各界的朋友都会来，你可一定要抽空过来，我会给你和妈妈留位置的。"她从包包里翻出一张精致的金边请帖塞到孟灏手里。

孟灏虽然与妻子早早分居两地，却向来疼爱这唯一的女儿，对她百依百顺。更何况他的女儿是长河市最才华横溢的服装设计师，是他的掌上明珠，更是他的骄傲。

孟灏朝着老许挥挥手："你先出去吧，有什么事回头再说。"

待老许应声离开后，孟灏才笑着说："等爸爸忙完工作，有时间了，一定过来。"

孟千蓝不满，即使是面对父亲，说出的话也一点不留情："老是拿这句话搪塞我，次次说忙完就来忙完就来，可你什么时候才忙得完？这局长的位置就这么重要？你的生活里只有工作没有我是吗？要我说，你早该退休回家了！反正我不管，位置我给你留着，你不来我就不开场。"

这个女儿向来黏人任性得紧，孟灏有些无奈："你呀，都这么大了还是这么任着性子来……"

他忽然想起什么，眼睛移向办公桌上的报纸，笑容更加温和可亲："对了，千蓝，小聂回国了，你知不知道？他联系你没有？"

孟千蓝的眼睛倏然一亮："聂哥哥回国了？"

孟灏笑了，他摩挲着桌子上的一个古董花瓶，嗔怪道："你这孩子，做事情毛毛躁躁的，没个轻重，怪不得小聂这么久都不敢联系你。"

孟千蓝已经什么都听不进去了，她随口敷衍了两句："好好好，我知道了，爸，我有事约了朋友，就先走了，别忘了来我的时装展啊。"

孟灏看着女儿风风火火的背影，慢慢地收住笑意。


千蓝性子冲动，也够坚韧，认定的东西，就不管不顾放手去追逐，像极了当年的自己，却又比当年的自己更加勇敢。千蓝这么多年一直爱慕着聂楚丰的儿子，他不是不知道。

本来因着最近的种种变故，不想两人再继续联系。但转念一想，既然聂西遥回国了，倒不如现在放手一搏，让千蓝名正言顺地盯住他。

孟灏把办公室的窗帘拉上一半，带上门，提着公文包大步走了出来。

远远地看过去，办公室里依旧灯火通明。

**Chapter.11**

第二天下午，门外传来一阵急促的敲门声。

"……谁？"

薛拾星和宛朵朵平日里基本都宅在家里，朋友并不多，选择在周末来拜访的人，更是屈指可数。

因为昨晚的跟踪事件，薛拾星尚处在紧张忐忑的情绪里，脑子里已经想象出了十几种被胁迫的场景。

门外的人没说话，不依不饶地继续敲门。

薛拾星趴在门板上盯着猫眼向外看了半晌，认出那头骚包的紫色头发，才松了口气，将门打开。

"邵先生，你怎么来了？"

"拾星，你动作怎么这么慢吞吞的？"邵一源自来熟地走进屋，上下打量一番，招呼着身后高大威猛的保镖搬着行李进来，"喏，那个房间不错，就搬到那里面吧。"

薛拾星瞠目结舌，快走几步阻止住那保镖："等等等等，你先别搬。"她警惕地看向邵一源，"你想干什么？你别动！再动我就告你私闯民宅了！"

邵一源好像比她更加惊讶："聂西遥不是告诉你了吗？"

薛拾星疑惑："告诉我什么了？"


薛拾星用她不算迟钝的大脑思考了老半天才明白过来，聂西遥担心跟踪的人会再度出现，做出对她不利的事情来，昨晚就安排了邵一源多多关照她。本以为只是客套，没想到邵一源会这么较真。

"你也知道，本少爷公务繁忙，没那么多时间照看你。"邵一源语气散漫，"他就是喜欢麻烦，要我说啊，直接搬过来和你住一块不就是最好的选择吗？"

"一举多得不是吗？"他眉峰一挑，暧昧地凑近薛拾星几分，一双桃花眼邪气得过分。

薛拾星油盐不进，毫不客气地推开他的脸，振振有词："多谢你的关心，你要真想关照我，招几个保镖替我守门不就行了？"她指一指站在门口的牛高马大的黑衣壮汉，"喏，我看那个就不错，镇得住场子！"


邵一源拍掉她的手，有些嫌弃她的眼光："指什么指？他？他难道有我魅力大吗？"

薛拾星默默收回注视着黑衣壮汉的目光，复杂的眼神慢慢地移到邵一源脸上。

唔……脸不错，就是看着身子骨单薄了点，不太禁打的样子……到时候谁保护谁还说不定呢……

"拾星，是你朋友来了吗？"宛朵朵穿着卡通睡裙打开房门，打着哈欠睡眼蒙眬地走出来，她昨晚搞活动，直播了一通宵，睡到刚刚才醒。

邵一源吊儿郎当惯了，眼睛毫不客气地扫视着宛朵朵……的胸。

他狭长的眼睛里透出几分兴致来："拾星，这位是你室……"

话还没说完，邵一源眼角抽搐，一个敏捷的闪躲，避开了呼啸而来的一个苹果。

宛朵朵手里还握着另一个，用看色狼的眼神看着邵一源："拾星，你什么时候交了这么一个花花绿绿的色魔朋友？"

邵一源："……"

她居然称自己引以为傲的紫发为花花绿绿？还说自己是色魔？！

有没有搞错？！

邵一源接二连三地遭到两人嫌弃，备受美女追捧的精彩人生霎时间蒙上了一层巨大的阴影。

估计好一阵都缓不过来了。

窗外一只停驻了良久的白鸽，扑腾两下翅膀，发出两声鄙视的叫声。

与此同时，聂西遥正在孟家做客。

　　孟千蓝自从从父亲口中得知聂西遥回国的消息后，就对着聂西遥的好友邵一源各种软磨硬泡，终于从他口中得知了聂西遥的联系方式。

　　孟千蓝本以为他会和往日一样，不搭理自己，做好了长期攻略的准备，没想到他只略一思索就答应来自己家吃饭。

　　或许，留学的这几年，让他渐渐明白过来，自己才是最适合他的存在。

　　孟千蓝暗自窃喜。

　　殊不知，这一番见面，实则是聂西遥亲手安排的，他知晓自己的踪迹已经暴露，索性不再隐藏。不管孟灏安排人跟踪薛拾星是出于何种目的，他总该亲自探一探孟灏的底。


　　孟灏这人做事情滴水不漏深不可测，表面上看不出任何端倪来。即使今天见到聂西遥登门，也是一副波澜不惊的样子。

　　聂西遥心里也微微发紧。

　　"聂哥哥，你回国了怎么都不跟我说一声？我也好安排时间去接你。"孟千蓝亲昵地挽上聂西遥的手臂，试图拉近两人之间的距离，"我们都两三年没见过面了，你想不想我？"

　　聂西遥轻巧地挣脱，淡淡地答道："国内事情太多，不好公开露面。"

孟千蓝看聂西遥表情不大好，忙不迭地安慰他道："聂哥哥你别担心，我自然是站在你这头的，唐阿姨人那么好，怎么可能会是凶手呢？"

聂西遥点点头神情淡漠，没有回话。

这诡异的沉默让孟千蓝有些坐立不安，知道自己不会说话，索性把求助的目光投向孟灏。

孟灏笑了笑，见不得自己的宝贝女儿被冷落，打破了沉寂："西遥啊，你家里的事，叔叔也听说了。"

聂西遥表情松动了些，眼神讶异："孟叔叔的意思是？"

孟灏拍了拍聂西遥的肩膀："叔叔和你父母这么多年的朋友，当然不会坐视不理。那批古董的事，叔叔之前也听你父亲谈过……唉，没想到啊，一失足成千古恨。你放心，叔叔会找关系帮你父亲暂时压下来，让它的影响不至于闹得太大。你也知道，盗窃古董，可不是什么小事情。"

聂西遥沉默了一下，颔首笑道："多谢叔叔帮助。"

两人的目光凌空一对，心照不宣地相视而笑。

见聂西遥不再板着张脸，孟千蓝也开心起来，她的整颗心都被聂西遥的一举一动所影响。

她撒娇道："好了，你们俩就不要再聊这些不开心的事了，再说下去，菜都要凉了。聂哥哥你喜欢吃什么，我给你夹，好不好？"

孟灏望着女儿的举动，无奈又好笑："你呀！"

聂西遥已经走出孟家很远了，这片是富人区，很少有人在外面走动。他避开监控区域，遥遥伸出手，等了没几秒，一只模样小巧可爱的画眉稳稳停在了他的手指上。

他眉梢微动，低低说话的语调有些奇异，带着些蛊惑的味道。

小画眉鸟歪歪脑袋，调皮地在他手指上跳了两下，叽叽喳喳好不活泼。

聂西遥笑了。

他长臂一扬，悠悠地凝望着那只画眉消失在天际。

## Chapter.12

"咚咚咚！"

仿欧式风格的白顶别墅的房间里，敲门声准时响起，房内的唐佳梅却没有任何反应，目光呆滞地端坐在柔软的沙发上，面无表情看着电视机里的人，肆无忌惮地哈哈大笑。

敲门不过是礼貌罢了，门外的人知道，门里的她也知道，她根本无法打开房门。

"佳梅，今天过得怎么样？"打开门锁的是个中年男人，说话的嗓音很温柔，"还在看电影啊？这几部是我依着你的口味，特意给你选的，好不好看？"

唐佳梅无动于衷。

中年男人并不在意，将手中散发着热气的托盘放到唐佳梅身旁的茶几上，暂停掉电视上播放的电影，继续温声细语地说："今天特意安排保姆给你做了你最爱吃的菜，来，你看看合不合胃口？我记得咱们年轻那会儿，你经常跟在我身后吵着嚷着要吃这些菜式。那个时候啊，经济条件远比不上现在，要攒好久的钱才够吃上一回……真是让人怀念啊！"

唐佳梅的目光缓缓移到中年男人的脸上，呆滞的眼睛里漫出盈盈泪光："阿灏，你告诉我楚丰在哪里好不好？他有没有事？还有小遥……我好久没有和他通过电话了……也不知道他在国外过得好不好，他一定很担心我……我求求你告诉我好不好？"

孟灏恍若未闻，手指贪恋般地摸上唐佳梅的脸："你看看，你这个月都瘦了，再这样子下去，我可要生气了。"他停顿了几秒，笑意不变，"你应该了解我的，佳梅。"

唐佳梅打了一个寒战，不再多问，乖乖伸手去拿筷子，机械地端着碗，往嘴里塞米饭。

孟灏脸色缓了缓："这才对嘛，不要光吃饭，来，尝尝这个菜。"

唐佳梅眼眶里的泪水不自觉地滚落下来，她慌慌张张地擦掉。

孟灏静静地看着她的动作，慢慢地说："好了，别哭了，你要是乖乖听话，我就考虑考虑带你出房间，让你可以无所顾忌地在房子里行动，这里本来就是我们的家。以后你习惯了这里，我甚至可以带你出门，去见见你的儿子，怎么样？开不开心？"

......

门"啪嗒"一声，重新落上了锁。

孟灏将吃干净的碗筷交到守在门口的管家手里，叮嘱道："她提出任何要求都不要理，如果她要是做出过激举动，立马通知我，不用顾忌时间和场合。"

管家恭恭敬敬地回："是。"

孟灏点头："嗯，再去买几张喜剧电影的光碟来。"

管家离开了，孟灏又回头深深望了房门一眼。

这处幽僻的别墅，是他瞒着女儿悄悄购置的，里头的装潢全是依着唐佳梅的喜好，就是为了这么一天。

孟灏、唐佳梅和聂楚丰三人，是从小一起长大的好友。孟灏一直默默守护在唐佳梅身边，已经好多年了。为了有朝一日能向唐佳梅告白，和唐佳梅在一起，他一直拼命搏事业。谁知，在关键时候，被最信任的兄弟聂楚丰捷足先登。

孟灏始终记得，那天他兴高采烈地跑去找唐佳梅，想要告诉她，自己升到了城建局副处长的位置，却正巧撞见唐佳梅和聂楚丰拥抱在一起耳鬓厮磨的场景。

他如遭雷击。

发觉了孟灏的存在，唐佳梅有些害羞和慌乱，聂楚丰却很镇定，甚至爽朗地笑着拍了拍孟灏的肩膀："阿灏，大哥我和佳梅在一起了，打算下个月就结婚，本来想早点告诉你的，看你正在升迁的紧要关头，就自作主张瞒了下来，你别怪大哥啊。"

年轻的孟灏几乎控制不住情绪，攥紧的拳头几乎要挥到聂楚丰脸上。

隔了很久，他才从齿缝里吐出几个干涩的字眼："……恭喜大哥和佳梅了。"

彼时的聂楚丰靠着房地产行业发家，年纪轻轻已经坐到了长河市首富的位置，比自己成功无数倍。他还有许多要依靠聂楚丰的地方，又怎么能因为感情，任着性子闹掰关系？

……

孟灏冷笑一声，从回忆中回过神来。现在这些已经不重要了，聂楚丰已死，死了还不算，还陷入了巨大的盗窃丑闻中。佳梅也被他刻意设计成失踪的人，从此不能离开他的身边。

至于聂西遥……也很快将与这个世界说再见。

唐佳梅，注定只能在他的庇护下生存。

# 第三章
— 举步维艰 —

**Chapter.13**

天气越来越炎热，街头的行人衣着清凉，打着太阳伞，生怕骄阳晒伤了自己白皙娇嫩的皮肤。

聂西遥牵着一只刚从宠物店买的拉布拉多慢慢行走在大街上。

他驾轻就熟地走进一个小区，按了门铃。

等了一会儿，薛拾星才不甘愿地跑过来打开门。

最近几日，薛拾星不仅要上学，还要应付邵一源隔三岔五的"登门拜访"。

自那天赶走了自作主张的邵一源后，邵一源便理直气壮地经常来这边，俨然把这里当成了他第二个家。

偶尔，聂西遥也会过来一趟。

嗯，虽然邵一源美其名曰是登门拜访，是担心薛拾星遭到意外，但薛拾星却觉得，这明明是骚扰！来就算了，还蹭吃蹭喝的！

来的次数多了，连神经大条的宛朵朵都忍不住问："到底怎么回事？那个聂西遥大帅哥是看上你了，打算追求你吗？"

薛拾星严肃地摇头："你看他那副样子，像是追求人该有的态度吗？"

宛朵朵偷偷摸摸地往客厅瞄了一眼，聂西遥正巧抬眼看向这边，她赶紧一下子缩回来，捧着脸犯花痴道："长得那么帅，要是追我，我肯定答应……但仔细说起来，他要是真打算追求你，也不会总带着紫毛怪一起来吧？"

薛拾星"扑哧"笑出声："嗯，说得好像很有道理的样子。"

薛拾星端着冰饮料从厨房走出来，正在客厅低声交谈的两个人默契地顿住，视线停在她身上，不再说话。

薛拾星撇嘴，更加觉得那两人装模作样，可恶得过分。

聂西遥拍了拍蹲坐在地上的拉布拉多的脑袋，冲薛拾星说："送你。"

薛拾星指了指自己，有些意外："送我？无缘无故为什么要送狗给我？"

拉布拉多直起身子，欢脱地对着薛拾星摇起了尾巴。

邵一源扯松了衣领，懒洋洋地随口开玩笑："你上次不是非要我那个保镖吗？喏，现在保镖来了，保准你夜夜安睡。"

薛拾星想也不想就拒绝"谢谢你，虽然它很可爱，我也很喜欢，但是我已经养了小叮当了。小叮当黏我黏得紧，估计也不会喜欢我再养其他宠物，我要是随随便便就答应了你，就是对它和小叮当都不负责吧？"

拉布拉多好像听懂了她的话，尾巴耷拉下来，转身跑到聂西遥裤腿边求安慰。

聂西遥也不强求，安抚似的摸了摸拉布拉多，嗓音极淡："难道，你更希望我亲自过来？"

亲自过来？亲自过来当保镖吗？

薛拾星瞪大眼睛，连连摆手，这误会可闹大发了！

"我可没这么想啊，你千万不要自己随便脑补！"

邵一源笑得可恶。

聂西遥只能无奈地点点头："好。"

两人已经离开了，薛拾星舒口气，冲门内喊："出来吧，朵朵，他们已经走了。"

宛朵朵从房间里探出头来，漂亮的小脸皱成一团："那个惹人厌的紫发怪也走了？"

薛拾星点头："走了走了都走了，整个世界都清净了！"

宛朵朵自第一眼见到邵一源起，就不喜欢他。为了避开他，她甚至可以不见自己的新晋男神——聂西遥。

明明邵一源的样貌丝毫不逊于聂西遥。

薛拾星好奇心作祟，问宛朵朵原因。她扭扭捏捏半天才说，她的前任男友和邵一源一样，染着一头夸张的头发，张扬得不得了，到处拈花惹草不说，品德上也有问题。

她愤愤不平地说，像邵一源这种，一看就是渣男。

就这样给邵一源定了罪，薛拾星哭笑不得。

也难怪每次宛朵朵都不喊邵一源的名字，而是称呼邵一源为"紫毛怪"了。


话音刚落，门口就传来几声狗叫。

薛拾星吓了一跳，以为两人还没走，背后说人坏话被抓个正着，急忙打开门看。却正好看到那只拉布拉多欢快地在楼道里跑来跑去，追着一只误飞进来的蝴蝶玩得不亦乐乎。听到薛拾星打开门的动静，拉布拉多放弃了蝴蝶，想扑到薛拾星身旁来，却不小心撞到了门。

"……汪汪！"

看起来有些蠢。

薛拾星："……"

几分钟前，邵一源眼睁睁看着聂西遥蹲下身子拍拍那狗的脑袋，和它说了几句话，再松开绳子，任由那狗"哧溜"一声奔上薛拾星所在的楼层。

他的表情颇有些玩味："你这样可有些不厚道啊，真想送狗给她就好好跟她说呗，把狗丢在她家附近就走了，你也不怕那狗自己跑掉了？"

聂西遥"嗯"了一声："难道要我求着她收下吗？"

"这你就不懂了，女生就是要多哄的，况且是你要送狗给人家，而不是人家送你狗。不过话说回来，你无缘无故送她狗做什么？"

聂西遥斜睨他一眼："不是你说的吗？保镖。"

确实是充当保镖。

老许怕狗，如若老许继续跟踪薛拾星，这只拉布拉多比白鸽更能发挥作用。

邵一源好笑又新奇："我说着玩的，你真打算让一只狗当她的保镖？"

"不行？"

邵一源眼眸里盛满笑意："行！怎么不行？聂公子亲自送的狗，

当然想怎么说都行！"他掏出车钥匙摁了摁开锁键，不远处的白色跑车灯光一闪。

聂西遥微眯着眼，望一眼薛拾星所在的楼层，嘴角勾起一丝很淡的弧度。

### Chapter.14

又到深夜。

小画眉鸟停在聂西遥的肩头，叽叽喳喳叫个不停。

聂西遥一点也不嫌烦，耐心听着，时不时低声问上一句，薄凉的唇线越抿越紧。

为了掩人耳目，他此刻走的是一条崎岖的上山小路。今晚的月色暗淡，几乎看不清前行的路。荆棘划破了他的衣角，不知名的尖刺刺进他的手掌，可他却毫不停歇。

终于，不知走了多久，他停了下来。

他抬眸，远远看见了一栋仿欧式风格的白顶别墅。

小画眉安静下来，在聂西遥的示意下，朝那栋别墅的二楼窗户飞过去。

唐佳梅还没有入睡，她自被迫搬到这里起，就陷入了长期的失眠之中。她翻着手里的一沓光碟，随手抽出一张，刚打算放入 DVD 里，打发一下无聊的时光，巨大的落地窗那边突然传来一阵清晰的敲击声。

她疑惑地拉开窗帘，是一只漂亮的画眉鸟。

她眼神柔了柔，打开窗户放那只鸟进来。

这只鸟，让她无端想起了自己的儿子。

小遥从小就喜欢小动物，尤其是各式各样的小鸟。楚丰为了讨儿子欢心，曾特意从花鸟市场买回一只昂贵的画眉鸟，毛色和这只有些相似。虽然那只画眉没几日就被儿子放掉了，但她依然印象深刻。

"小遥……你还好吗？"唐佳梅望着鸟儿轻声呢喃，仿佛这样子就能跟儿子对话一样，"安安心心待在国外吧，千万千万不要回来啊……"

小画眉绕着唐佳梅飞了好几圈，才依依不舍地飞了出去。

唐佳梅不由自主地循着小画眉飞离的方向望过去，她久久地立在窗前，望着被层层乌云遮掩住的月，在心底不住地为自己的儿子祈祷着。

小画眉沾染着一身室内的暖意，旋转着回到了树下的聂西遥掌心。

聂西遥眼底沁了很深的凉意，被掌心这残余的暖意一点点温暖，他静默地听着小画眉将母亲的话复述给他。

话毕，他遥遥地将目光投向亮起灯光的那个房间。远远地，可以看见窗口站着一个窈窕的身影，身影无比熟悉。

"妈，我怎么可能不回来？"他低声自语道。

返程的脚步比来时要快许多，离真相越近，聂西遥心底反倒越发镇定。

他安排小画眉跟着孟灏，果然发现了重要线索——孟灏隔三岔五就会独自来到这栋别墅过夜。他特意错开孟灏的时间点，亲自来这边勘察，终于确定了母亲安然无恙。

一颗悬着的心，放下了大半。目前，唐佳梅杀害聂楚丰的嫌疑还没有洗脱，她暂时待在这里，无疑是最稳妥的。

时间不等人，现在最要紧的是查明真相，洗清母亲的嫌疑。

还有可疑的古董盗窃案，也很耐人寻味。

聂西遥一路思索着各种可行方案，步伐匆匆。

突然，一辆黑色的轿车从大路那头驶来，刺眼的远光灯在黑夜里亮得吓人，让隔着好几道天然绿色屏障的聂西遥都忍不住皱了皱眉。

紧接着，遥遥几声狗吠响起，声音一点点变大，好像正紧紧追着轿车而来。

这几声狗吠让聂西遥脸色大变。

轿车快速地从他附近驶过，十几秒后，一只黄色的大狗出现在视线里，它呼呼喘着粗气，却仍在奋力追赶，赫然就是前几日他送给薛拾星的那只拉布拉多！

聂西遥眉峰紧锁。

不用细想就能知道，薛拾星此刻就在车内！

他脸色越发冷得可怕，目光紧紧盯着车子的尾光灯。

是他低估了孟灏，高估了自己。

"真该死！"他低骂一声。


## Chapter.15

薛拾星自从得了这只狗后，就改掉了除了上学和偶尔的外景直播外，其余时间通通宅在家里的坏习惯。

——因为她每晚都要带这只异常活泼的拉布拉多散步。

自那次莫名其妙被跟踪后，她神经紧绷了好一阵。但随着时间的推移，生活又渐渐平静下来，聂西遥也越来越少露面，估计事情已经渐渐平息下来了。

既然现在已经收下了这只狗，即使是被迫的，也要负起责任来。薛拾星给自己打气，牵一只可爱的狗在街上走，被帅哥搭讪的几率会大大增高的！说不定她马上就可以脱单了！

可两个小时下来，不仅没有帅哥搭讪，连美女都没有，只有几个爷爷奶奶隔得老远称赞了句："一看就是只忠心耿耿的护院好狗！遛主人遛得不错！"

薛拾星："……"

遛完狗，走在返家途中，拉布拉多莫名有些焦躁起来，皱着鼻子这儿闻闻那儿嗅嗅，末了，还用脑袋顶着薛拾星一个劲地往前冲。

任薛拾星再能推测动物的内心潜台词，此刻也有些迷茫。

她蹲下来直视着拉布拉多："你怎么了？又饿吗？还是又想大小便？"

拉布拉多朝身后不远处凶狠地吠了两声，更加不安。

薛拾星返头看看，只有一辆黑色的轿车停在不远处，她更加摸不着头脑："这附近也没小公狗啊……"

拉着它继续走，没走几步，拉布拉多如临大敌，伏下身子，冲着薛拾星身后好一阵狂吠。


"薛小姐你好，我老板想喊你过去做客，顺便问几句话。"一个面生的西装男人客气地冲着刚刚转过身的薛拾星说道，他脸上的笑容客套得恰到好处，"薛小姐方便跟我们走一趟吗？"

和他同行的另一个男人显然没这么好的脾气了："不要和她废话，直接动手！"

西装男人的嘴角抽搐了下，按住坏脾气男人的手："别冲动！老板交代了的，要智取！"

智取？意思是非取不可了？

这下轮到薛拾星嘴角抽搐了，她看出两人的不对劲，自然不肯乖乖就范，而是握紧绳子慎重地摇摇头："不好意思，现在已经很晚了，如果真的有事的话，你们可以白天再来找我。另外方便问一下，你们老板是？"

坏脾气男人冷哼一声："我们老板可是城建……"

西装男人打断他，似有几分无奈："别多话！老板交代了的，要保密！"

那两人态度有些诡异，薛拾星警惕道："你们到底想怎样？"

西装男人凑近几步，做了一个请的动作，笑容可掬："只是想向你了解一下那起谋杀案的经过，我们老板对那起案子好奇得很。"

薛拾星退后几步："不好意思，那个案子是我杜撰的，我早已经说得明明白白了，你们可能是误会什么了。"

坏脾气男人趁着周围无人，已经开始撸袖子："等见了老板，你就肯说实话了！"

西装男人皱眉："老板跟你说多少次了？让你在外人面前斯文一点，你又忘了吗？"

……

趁着西装男人慢条斯理说话的空当，薛拾星暗地里松开拉布拉多的绳子。

"瑶瑶，咬他！"

狗扑上去的那一刻，薛拾星拔腿就跑。风声呼呼地在她耳旁刮过，她隐隐意识到，这两个人和之前跟踪她的应该是同一伙人。

但坏脾气男人很快就甩开拉布拉多，凶神恶煞地逼近，并且很快就抓住了她，反手将她的双腕扣在身后，不容她挣扎。

薛拾星奋力挣扎，心底的恐慌越发扩大："光天化日之下，你们想做什么？"

坏脾气男人的脸上露出狰狞的笑容："只是请你做客而已，你跑什么？嗯，跑啊，你倒是继续跑啊！就算你跑回家，我们的人一样可以找出你！"

他从口袋里掏出一块手绢，毫不留情地捂住薛拾星的口鼻。

"怎么不继续跑了？！"

"……"

薛拾星全身的力气渐渐消失殆尽，模糊地看到不远处拉布拉多的绳子被紧紧勒在铁青着脸的西装男人手里。她脑子里"嗡"的一声，冒出一句来不及出口的话——

我说怎么不继续跟踪我了……敢情是憋了一个大招啊……

然后意识陷入一片漆黑中。


不知过了多久，薛拾星才被一阵短而急促的敲击声吵醒。

黑暗中，触觉和听觉变得无比敏锐。她能感觉到自己的眼睛被蒙住，嘴巴被堵住，双手双脚被捆住，整个人以一种诡异的姿势蜷缩在一个狭窄的空间里。空气渐渐稀薄，她几乎不能呼吸。

她能感觉到隔着一个隔板，有人在试探性地敲击，没几下，那声音停住了，好像是没等到回应，所以离开了……

咦？等会儿，外面有人！

薛拾星突然从迷迷糊糊的状态中清醒过来，不管外面的人是谁，求生的欲望盖住了一切，极度的缺氧让她快不能呼吸，她现在急需要离开这个禁闭的狭窄区域。她猛地支撑起身体向发声的地方撞过去，意图发出声音，证明里面有人存在——

后备厢被骤然掀开，薛拾星直直地撞进那个同样猝不及防的人怀里。

脑袋与胸膛发出沉闷的撞击声，那人被这股冲击力度撞得微微后退两步，呼吸一乱，咳嗽了几声，但还是稳稳扶住了薛拾星。

男人湿漉漉的喘息声落在她的耳侧，激得她微微战栗，鼻尖处甚至还能隐隐闻到一股青草的味道，干净又清爽。

和绑架她的那两人身上的烟草味完全不同，看来真是撞大运了。

但现在显然不是在意这个的时候，她拼命摇头晃脑，终于引得那人注意，双手双脚的束缚被解开，口里被塞得满满的布料被拿掉。

薛拾星呼出一大口气，终于从臀部朝上的诡异姿势中解脱出来。

还没来得及缓过神来，远处传来不断靠近的人声，听起来人数不少，隐隐还能闻到一股烧焦的味道。

薛拾星急了，来不及问这个救她的人是谁、有何目的，摸索着从后备厢里爬下来："他们来了，他们来了，我们快走！"

她正打算摘掉缠在眼睛上的黑布，那人的手却更快一步地握住了她的手腕，两人相触的地方微微发烫。

"等一会儿，先别摘。"

她僵住。

这次她听出来了——

是聂西遥的声音。

**Chapter.16**

聂西遥牵住薛拾星的手，飞快地钻进树丛里，他好像在有意识地避开地上的某种生物，因为薛拾星隐约感觉自己的脚踢到了一团软软的东西。那东西发出轻微的吱吱声，她心里顿时警铃大作，冒出一个不大好的念头。

看薛拾星走得磕磕绊绊，脸也险些被树枝挂到，聂西遥索性将她半搂在怀里，边走边低声问她："你最怕什么动物？"

薛拾星呆了一秒，这种逃命的紧要时刻，他怎么还有闲情逸致打听这些？

"动物？我没什么怕的动物。"

"那好，你……"

"如果非要说，那就是老鼠！我小时候贪玩，曾经被老鼠咬过。"

聂西遥静了一瞬，认命地转身对着薛拾星半蹲下身子："好了，别说了……上来吧。"

薛拾星只迟疑了一秒就老老实实地趴到了他背上。

风声快速地擦着她的脸颊掠过，明明是逃命的紧要关头，她却莫名安心了些许。

"你问这个干吗？"轻柔的呼吸落在他的耳郭，柔软的唇瓣几乎要触到他。

聂西遥一僵，不适地蹙眉，偏了偏头避开。

"是不是地上有老鼠？"薛拾星问。

聂西遥没回话，跑出一段距离，他这才把她放下，低声回复："好了，现在可以摘了。"

薛拾星刚摘下黑布，眼睛随便一扫，就被山下的一幕震慑住了。

他们此刻所在的地势较高，可以将下面的一切尽收眼底。

起码有五六个年轻的男人手持火把，正手忙脚乱地驱赶着地上黑压压的一片。那团不知名的大片黑色阴影正好堵住轿车前行的方向，形成一幅很诡异的画面。

她借着一点点月光仔细看，这才发觉，地上密密麻麻的全是田鼠，甚至车子里也陆陆续续钻出几只田鼠。

这番场景，吓得薛拾星头皮发麻，鸡皮疙瘩也冒出来了。

她突然有些庆幸自己没有提早拿掉蒙眼的黑布，不然可能腿软得路都走不了。

她结结巴巴地问："这、这是怎么回事？从哪儿冒出这么多田鼠？"

聂西遥对答如流："不清楚，可能是他们的车不小心毁坏了附近田鼠的巢穴吧。"

隔得较远听不大清楚，那几个男人吵吵嚷嚷着不住地用手中的火把烧它们，试图将它们驱赶走。

坏脾气的男人把火把丢在地上，口里骂着脏话："真是撞邪了，到底从哪里冒出这么多该死的老鼠？越来越多！挡路不说还咬了老子一口！"

他们驾车行驶到半途中，车子突然出现故障抛锚了。突然，不知道从哪里钻出几只田鼠，它们丝毫不怕人，爬在驾驶位上到处乱咬，场面霎时间变得无比混乱，两人的手机也不见了，只好弃车去找人帮忙。

西装男人比他冷静得多，指挥着其他人驱赶田鼠。那田鼠也算有灵性，自他们出现起，便开始有秩序地往树林里四处钻。

西装男人眉头紧皱，绕到车子后面，诧异地看着已经打开的后备厢，吓得冷汗都冒出来了，赶紧给老板打电话。

"孟局长！那个女主播……她跑掉了。"

薛拾星感觉很微妙，一方面因为聂西遥救了自己而非常感激，另一方面却因为他能这么顺利救出自己而感到疑惑。

况且，最重要的一点是，害她遭遇种种突发意外的人，就是他。

想到这里，薛拾星忍不住问道："你怎么会出现在这里？"

聂西遥目光依旧紧紧地盯着黑色轿车，面容无比冷峻，他像是有些不耐烦，冷冰冰地吐出两个字："路过。"

"……"

这个回答太敷衍，薛拾星完全不相信，紧接着问："那你怎么会知道后备厢有人？"

这话明显有点咄咄逼人了。

聂西遥顿了半晌，这才收回目光瞥她一眼，黑暗中，他的眼眸锐利无比，带着不容置疑的暗光。

"你被绑的时候，我就在附近。"他一字一顿，"我亲眼看到你被带上车。"

## Chapter.17

当一身狼狈的薛拾星和聂西遥出现在门口时，宛朵朵受到了不小的惊吓。

宛朵朵立即放下手里的半块西瓜，几步跳下沙发，扶住薛拾星上下打量她，焦急地问："拾星拾星，你怎么了？怎么弄得这么狼狈？还有瑶瑶也是，半小时前跑回来的时候，浑身脏兮兮的，吓了我一大跳！"

薛拾星惊讶："瑶瑶回来了？"

"是啊，比你早回来半小时……我还以为是它贪玩这才自己灰溜溜地跑回来，到底是怎么回事？你们怎么都变成了这副样子？"

薛拾星在昏迷的前一秒，正好看到拉布拉多咬住其中一个男人的衣角，试图救自己。估计是那两人甩开了它，而它追不上行驶的轿车，所以自己先回家了吧，薛拾星想。

她不知道的是，拉布拉多护主得很，见斗不过那两人，便一直远远尾随在车子的后面。它实际上是在聂西遥的命令下回家的，聂西遥担心它目标太大，影响了自己救人。

此刻薛拾星脑子里也乱得很，今晚的变故太多，意外被绑架，又意外被救出，她一时不知从何说起，抓了抓头发："……总之一言难尽。"

宛朵朵表情越发古怪，她看看薛拾星，又看看聂西遥以及他们身上沾着的泥土枯草，脑子里冒出一个大胆的念头："你们不是……那什么吧……哎哟……这影响多不好啊，去酒店也花不了几个钱啊！"

"什么花不了几个钱……"薛拾星花了两秒才反应过来，脸一红，"你想什么呢？怎么可能？"她偷偷瞟一眼聂西遥，赶紧故作镇静道，"只是出了点意外，才不是你想的那样……去去去，你别看了。"

一旁的聂西遥蹙眉，关注的重点反而不同。

"瑶……瑶？"

他若有所思地默念着这个名字，挑眉，眼睛微微眯起望向薛拾星。

薛拾星心尖一颤，暗叫不好，瞬间有种被抓包的感觉，赶紧支支吾吾地说："就是你送的那只拉布拉多，我和朵朵给它起的名字，瑶池的那个瑶……王字旁的，是不是很好听？"越说越尴尬。

好吧，薛拾星自己也觉得这话没什么说服力。

瑶瑶的"瑶"字和聂西遥名字里的"遥"同音，除了故意这么取名外，任谁也不会这么缺心眼撞名吧。说实话，她的确是出于对他自作主张的不满，故意起的这个名字。

听了薛拾星的解释，聂西遥的表情越发若有所思，但他淡淡地收回目光，显然没打算追究。

他看了一眼卫生间的位置，问："方便借用一下卫生间吗？"

得到宛朵朵的答复后，他把身上破损的黑色外套脱了下来，露出里面干净的运动背心和一截精致白皙的身体线条。宛朵朵看着他的动作眼睛都直了，赶紧害羞地捂住脸："那什么，我去找身干净的衣服给你换上。"

聂西遥轻轻颔首："多谢。"

聂西遥养尊处优惯了，虽然现在情况特殊，他都默默忍受着，但洁癖不是一时半会儿能改正过来的。他此刻浑身上下黏糊糊的，能忍这么久已是极限。

被宛朵朵洗得干干净净的拉布拉多晃着尾巴扑到聂西遥脚边来了，"汪汪汪"叫唤个不停。

聂西遥放下外套，嘴角弯了弯，低声夸了句"乖孩子"后，便走去了卫生间。

拉布拉多尾巴摇得更欢，尾随着聂西遥的背影一直跟到了卫生间门口，对他谄媚得不得了，压根没把站在一旁的正牌主人薛拾星放在眼里。

薛拾星有些吃醋："到底谁是你主人呀？"

冰冷的水自淋浴头喷薄而下，细碎的水珠划过聂西遥深邃的五官轮廓。他眉峰微微蹙动，漆黑如墨的眸子倏然睁开。

他隔着一层蒙蒙的水雾，静静地看着镜中面容冷峻的自己，脑子里飞速运转着。

他本以为整个事件与薛拾星没有太大关系，最初找她帮忙，仅仅是看中她的平台和影响力，起到一个推波助澜的作用。谁知孟灏这么心狠手辣，把薛拾星当成目标，跟踪不成，还试图绑架她。他当然无法眼睁睁地看着薛拾星陷入危险之中。

嗬，孟灏真以为自己可以胆大妄为到只手遮天吗？

聂西遥小的时候就发现了，孟灏一直对自己的母亲唐佳梅别有心思。孟灏经常趁聂楚丰不在家时，来看望他们母子俩。虽然什么都没有做，但聂西遥仍然敏锐地察觉到孟灏的异常。可父亲聂楚丰一直待孟灏情同手足，固执地认为孟灏不会对不起自己，还处处帮助他。

如若孟灏是为了和母亲在一起，出于情感纠葛杀死父亲，软禁了母亲，虽然也勉强算一个理由，但凭孟灏小心谨慎的性子，他应该不会这么冲动。

而且，孟灏这么在意薛拾星的亲眼所见，一直想从她口中打听，也委实匪夷所思了些。除了杀人案件外，难道还有别的不为人知的事情吗？

父亲一行人当时去云南，又到底是为了什么？

或许那次的云南之行，才是整个事件的关键。

薛拾星看一眼卫生间隐隐透出的灯光，心里莫名有些愤懑，什么嘛，对着一只狗笑得那么开心，对着我却老板着张死人脸，除了刚见面那会儿，一点好脸色也没有……

她蹲下身子，把拉布拉多整个搂在怀里蹂躏。

**Chapter.18**

当天晚上，聂西遥是在薛拾星家里过夜的。薛拾星还有很多事情没搞明白，想向他问清楚。聂西遥则担心那伙人再度出现，两人各怀心思，一时间都没有人说话。至于宛朵朵，早已经扛不住，去房里睡觉了。

沙发狭窄，他只皱了皱眉，却没多说什么。

薛拾星客气地问："你是客人，要不你去我房间睡，我去朵朵房里挤一挤？"

聂西遥不知道在跟谁发短信，手指飞快地按着手机，头也不抬，只答："不用。"

他穿的是宛朵朵买给前男友的衣服，还没送出去两人就分手了。

休闲款的 T 恤此刻穿在聂西遥身上，意外合适，而且看起来比平时要亲和一些。

果然是人靠衣装啊。

"那我去睡咯？"

"请便。"

薛拾星走出几步，眼珠子转了转，又转到他身旁坐下。她还有许多疑问没有解开，这些疑问盘旋在心头，找不到一个突破口。

聂西遥手指一顿，而后快速地摁完最后一段话，将手机收入口袋里，看向她。

"怎么了？"尾音上扬，透着点奇异的柔和的味道。

他的额发仍是湿的，带着点潮湿的水汽，墨黑的眼眸深邃如潭。左脸颊上还有一道浅浅的划痕，血渍已经被洗去了，估计是逃跑的途中不小心受的伤。看着这伤痕，薛拾星的心突然就软了两分。

见薛拾星没回话，聂西遥的眉头不着痕迹地皱了一下，好像很反感别人这样子盯着看似的，那点柔和很快消失殆尽。

"你想说什么？"

薛拾星稳了稳情绪，回过神来，严肃地说："我想知道那个案子到底是怎么回事？"

聂西遥嗓音变冷："薛拾星，这件事与你无关，你不必多问。"

薛拾星脾气上来了："你又说与我无关！你上次还说不会牵连到我呢！可是呢？先是跟踪，再是绑架，接下来会是什么？杀人灭口吗？我已经被牵扯进来了，你为什么不肯告诉我事情真相？你爸爸真的涉嫌盗窃古董吗？他们为什么要找我麻烦？"

聂西遥不搭理她的问题，自顾自地转移话题："他们这次没能成功，肯定会蛰伏一段时间，你近期应该是安全的。"

"近期？安全？"

"如果你遭遇到危险，我会来救你，不管怎样我都会来救你。"他侧头紧紧盯着她的眼睛，"我不会让你受到伤害，我会来救你，好吗？"

明明是一句郑重的承诺，他却说得冷冰冰的毫无感情可言、毫无可信度。

薛拾星怒极反笑："好，当然好咯，你都不嫌麻烦，我能说什么呢？"她咬住下嘴唇，有些埋怨聂西遥一直将自己蒙在鼓里，赌气一般地说，"聂西遥你可真无趣！我真后悔帮了你！"说完她就起身打算进屋。

手腕被猝不及防牵住，她毫无防备之下，被聂西遥重新拉到沙发上，她诧异地瞪大眼睛，咫尺之间，呼吸可闻。

"薛拾星。"他一字一句缓慢地喊她的名字。

"你说得对。我当然无趣，我的父亲被害、母亲失踪，我当然无趣。你还想怎样？让我花言巧语逗你开心吗？"他好像也冒出点火气来，顿了两秒平复下心情才继续说，"我很感激你帮我做了那期直播，你遭遇的这一切我很抱歉，所以我会竭尽所能保护你。"这句话的语气诚恳了许多。

薛拾星怔住，看着他的薄唇一张一合。

"你不信？"

"……"薛拾星说不出话来。

不知过了多久，巨大的压迫感骤然离去，他端起放置在茶几上的一杯冰水站起来，立在窗口朝下看了一眼，深夜空荡荡的街道上一个人也没有，看来那伙人果然有些害怕，不敢这么明目张胆了。

"去睡吧。"他低声说。

寡淡的嗓音莫名让薛拾星生出几分心疼和后悔来。

待薛拾星去了房里，聂西遥才重新拿出手机，上面显示着唐叔回复的短信。

"小遥，你安心去吧，家里有我照看着，不会再给任何人可乘之机。"

某栋别墅里。

孟灏自接完电话后，就陷入了诡异的沉默之中。立在一旁的管家察觉到他的情绪不对，小心翼翼地送上热茶后就掩上门出去了。

孟灏犹自坐在书房里，面色铁青得可怕。

他安排人去接薛拾星，本想把她带到藏匿唐佳梅的白顶别墅的一楼，从她口中套话。她之前在直播里说自己亲眼看见了杀人案件，这并不值得他重视。

她是否在杀人案之前，看到了其他隐秘的不能曝光的东西。

这才是孟灏最担心的。

那晚在云南，的确是他约了聂楚丰和唐佳梅谈生意。

孟灏近几年通过某些不正当的手段得了不少钱，这种钱来路不明，于是想拉聂楚丰下水，从而要求聂楚丰帮他洗黑钱。

可聂楚丰却严词拒绝了，还劝孟灏不要干这种事情，这才引来了孟灏的杀机。

他们当晚在云南的事是秘而不宣的，其中牵涉的东西错综复杂，绝对不可以透露一丝一毫出去。

孟灏端起那杯已经凉掉的茶水，面无表情地倒进桌上的绿色盆栽里。

那个女主播这么不识趣……就算她没有看到其中的关键，现在和聂西遥搅在一块，看来也留不得了……

**Chapter.19**

上午的阳光透过轻薄的窗帘洒进客厅里，一室温暖。

薛拾星走出客厅时，正好就看到聂西遥和邵一源坐在沙发上聊天，拉布拉多贴着聂西遥的裤腿躺在阳光底下。聂西遥身上换上了新的白色衬衣，估计是邵一源带给他的。

"哟，醒了？"邵一源打趣道，"日上三竿，我都来了有一会儿了。"

言外之意是薛拾星起得太晚。

昨晚回房后，薛拾星翻来覆去好久才睡着。她重新将与聂西遥相识以来的经过在脑海中过了一遍，似乎有点理解他想找出杀害父亲真凶的心了。

任谁在经历了这种变故后，都不会好受吧！

而自己，也隐隐生出一点帮助他找出真凶的念头来，她忍不住隔着薄被拍一拍自己的脑袋："薛拾星你要不要这么容易心软，要不要这么圣母啊！"

想到这里，薛拾星打个哈欠，随口敷衍道："现在是周末，还不许人睡个懒觉啊？"

"行行行，当然行，不就是睡懒觉嘛，下次和我一块呗？"他挑挑眉，调笑道。

聂西遥闻言皱了皱眉，却没说什么。

薛拾星翻了个白眼："就你？还是算了吧，我怕被你的一群红颜追杀！"

她不经意间将视线一移，正好对上聂西遥无波无澜的眼神。想起昨晚的对视，心跳毫无预兆地漏跳了一拍。

"啧，怎么会？不用理会她们，她们哪有你知情识趣？"

"那什么，你们吃早餐了吗？我去给你们做？"她不再继续和邵一源插科打诨，赶紧低下头往厨房走。

邵一源笑了，对一旁的聂西遥说道："我们家拾星真是贤惠，不愧是我看上的……"

"好了，说正事。"聂西遥打断他。

邵一源倒也不在乎，只思忖了几秒就继续之前的话题："你刚才说什么来着？孟灏想绑架薛拾星？他胆子这么大？真不怕捅破了这层纸，引来警察抓他呀？"

聂西遥摩挲着拉布拉多毛茸茸的脑袋，不急不缓地说："现在所有的不利因素都在聂家这边，即使报了警，孟灏也可以想法子推脱，报警根本不会伤害他分毫。"

"那你现在有什么打算？查出什么线索了吗？"邵一源问。

聂西遥看一眼忙忙碌碌准备早餐的薛拾星，嘴角勾出一点弧度："我们打算去云南查一查。"

邵一源也循着目光看着薛拾星，语气透着怀疑："你们？"

"对，我们。"

当薛拾星从聂西遥口中得知这个消息时，震惊之余，第一反应就是拒绝："不行，我是学生哎！周一到周五都有课，去不了那么长时间。你是要去云南找关于你父亲被谋杀的线索，是吗？哎，等会儿，你去我能理解，干吗非拉着我一起啊？"

邵一源吊儿郎当地插话："舍不得你呗。"

薛拾星朝着空气翻了个白眼："就你话多。"

聂西遥淡淡地扫他一眼，才说："邵一源太不靠谱，在查出谋杀案的真凶之前，你一直和我待在一起比较安全。"万一再出现类似的意外，自己身在外地，就不能及时赶到了。既然他们两个都已经成为孟灏的目标，倒不如光明正大地待在一起。

邵一源摇摇头："啧，想跟拾星一起去旅游直说就好嘛，还非要黑我一把。"他转向薛拾星，戏谑地笑，"我的人都守在你家附近，只要你大白天不出去上课，大晚上不出门遛狗，保证你安全。"

薛拾星默默无语："你开什么玩笑啊，大哥？"

眼见话题要被薛拾星含糊过去，聂西遥抬眸认真地看着她又问了一遍："去不去？跟我一起。"

和他一起。

这话本身就有些蛊惑的意味，更何况是从聂西遥的口中说出来的。

薛拾星突然有些犹豫了，她抓抓头发，瞄一眼正在睡觉的宛朵朵的卧室门，再瞄一眼翻着肚皮在阳光下小憩的拉布拉多。

"我……考虑考虑？"

# 第四章

— 又起波澜 —

**Chapter.20**

次日，薛拾星还是同意了和聂西遥一同前往。口头上说着，是怕自己一个人又遭遇什么不测；实际上，她心里还是有些不忍。说不上是同情还是别的什么，总之，她想帮一帮聂西遥，帮他找出凶手。

宛朵朵听说这回事后眼睛发亮，羡慕得不得了："拾星拾星，你也带我一起呗，我还从没有去过云南呢，这么文艺有格调的地方最适合我了……还有还有，我保证不当你们之间的电灯泡！只要管吃管住就好！"

薛拾星正色道："我们不是去玩。"

宛朵朵点头："我当然知道啊！你们两人是去约会嘛！"

薛拾星顿了几秒，艰难地说："朵朵啊，其实吧，我这次去云南是自费来着……"

宛朵朵目瞪口呆："那……祝你们旅途愉快。"


就这样，两人踏上了云南之旅。

在飞往云南某城市的飞机上，薛拾星将那晚自己的所见所闻告诉了聂西遥。

"……我不敢确定你父亲是不是那两人中的其中一个，但我听到那两人的确因为某事发生争执。"薛拾星说。

聂西遥陷入沉思，良久他才点头："的确可以从这方面入手……"

薛拾星心底冒出点小窃喜，好像通过这段对话帮到了他一点点。

"……虽然用处并不大。"聂西遥继续说道。

薛拾星的脸垮下来："……"


薛拾星指引着聂西遥来到了之前居住的旅馆。

没想到时隔两个月，风韵犹存的老板娘居然认出了她——

"薛小姐，是吧？不是开学了吗？怎么还有时间来古城玩？"

薛拾星嘴巴甜，赶紧说："这家店住得太舒服了，就跟在家里一样。尤其是老板娘年轻又好看，我回了学校还老惦记着，想着有时间就过来玩呢。"

老板娘是个四十多岁的中年妇女，因为古城游客来来往往年轻人居多，老板娘也是一副靓丽的时髦打扮，描眉涂唇一样都不少。听了薛拾星的话，她笑得合不拢嘴，涂得黑黑的细长眉毛扬起来："你呀，还是这么会说话！"她看了一眼跟在后头的聂西遥，一脸促狭与了然，"哦，我说怎么又来了，原来是特意带了男朋友来旅游啊。"

薛拾星赶紧摆手否认："只是一个朋友。"

老板娘还欲继续打听，却见聂西遥好似根本不在意，一脸平静地将行李放在桌子旁，四下打量两眼，说："两间房。"

薛拾星默默地看聂西遥一眼，也重复道："嗯……我们要两间房……"

老板娘："……"她果然不再继续追问这八卦了。

原来这样子就可以解释清楚……真是长见识了。


虽说来了云南，但每周例行的直播不能少，除了个人喜好这个原因外，观众的支持就是主播最大的动力。

薛拾星从行李箱里翻出笔记本，打开直播平台，摆出最灿烂的笑脸。

"——抱歉，让大家久等了。"

## Chapter.21

晚饭过后，聂西遥已经独自出门了。薛拾星找老板娘闲聊，有意无意就聊起了那起谋杀案。

老板娘有些惊讶，摆弄着花瓶里的干花说道："小姑娘家家的，打听那些做什么？那些骇人听闻的事情哟，不适合你听！"

薛拾星被勾起了兴趣，问道："怎么骇人听闻了？"

"这个嘛……"老板娘有些吞吞吐吐。

"真有这么可怕？不是唬我的吧？"

老板娘把花瓶摆放好，压低声音："凶手不是还没落网嘛，据说死者是长河市人，长河市来了好几个警察勘察，结果没查出凶手，倒是查出另一桩案子来。"

薛拾星也压低声音："你是说……死者涉嫌古董盗窃的那个案子？他的尸体被发现的地方就是一处古墓附近，对吧？我从新闻里看到了。"

老板娘的神情霎时间变得有些微妙，怕惹上麻烦般，摆摆手不肯再继续说古墓的事情："这些古怪的事情没什么好说的，凶手一天不落网，我们这儿就一天不安宁哟，住宿的游客都变少了。"她转过身对着店里供奉的某座铜像虔诚地拜了拜，"城里最近新开发了一处旅游景点，你可以带你朋友过去玩一玩，报我的名字可以给你半价。"

薛拾星见问不出什么了，便只好作罢。

"谢谢了。"

她搬了把椅子放在院子里，一边赏月一边等聂西遥回来。

晚上八点十五分。

聂西遥在小动物的指引下，来到了这里。

他拨开挡在眼前的树叶，静静地盯着不远处被层层围栏包围、灯火通明的古墓入口。

墓是新开发的，据说勘察人员发现古墓时，墓里的东西几乎被洗劫一空。而古墓入口的不远处，就是聂楚丰被杀害的地方。

而盗墓以及盗取国宝级古董的罪名全推到了死者聂楚丰身上。

古墓附近，好几个手臂有文身的人肆无忌惮地进进出出，一边吞云吐雾一边谈笑着。

聂西遥手指勾了勾，一条无毒的翠青蛇吐着芯子顺着他的指示，慢悠悠地爬到了古墓那边，安静地蛰伏下来。

他看了好一会儿，才安静地转身离开。

聂西遥顺着原路返回，刚刚走出树林，正好撞见一个背着一大摞木柴、头发花白的老人家沿着小路慢吞吞地走着。

聂西遥黑衣黑裤几乎要与黑夜融为一体，悄无声息地走出来时，吓了年迈的老人家一大跳。

聂西遥微不可察地蹙了蹙眉，这附近一目了然，想避开已经来不及了。

他并不想被人看见自己的行动。

老人家估计是见多了大晚上探险的游客，一边拍着胸脯安抚自己，一边好心叮嘱他："哎哟……这大晚上的，小伙子来旅游的吧，怎么还不去休息？这个山荒凉得很，没什么好看的。不早了，快早些回去休息吧。"

聂西遥走近几步，顺势扶住老人家背上的木柴，眸色幽暗："您怎么这么晚还在山上走动？没有家人陪您一起吗？要不我送您一程吧？"

老人家笑得眼睛弯起来："不碍事不碍事！我祝老头这么多年砍柴背柴都习惯了，我家小孙子今晚啊吵着嚷着要吃糖，我出来买糖顺便就捡些柴回去……你也快些回去吧，小心些走，别迷路了。"

聂西遥顿了一下，眼睛微眯，嘴角勾了勾。

"好。"

待聂西遥的身影匆匆下山后，祝老头的脸色变得凝重起来，他颤颤巍巍地掏出手机，拨了一个熟记于心的号码："孟局长……对对对，是我，您一个月前要我帮您在山头盯着……是是是，他来了，我亲眼所见！就是您给我看的照片上的那个小伙子，我绝对不会认错！"

"那……我儿子的事……"

……

不远处一只灰毛兔子从聂西遥走掉的地方蹿出来，在原地停驻了一阵后，追着祝老头蹒跚的背影而去，月光把它小小的影子拖得老长。

**Chapter.22**

薛拾星是被楼下的争执声吵醒的。她昨晚等到很晚，聂西遥都没回，他又没说自己去干什么了，导致她睡得很不安稳，老想着他会不会遭遇什么不测，来来回回醒了好多次，直到清晨才迷迷糊糊睡着。

现在已经是午后了。

她喝口水，透过窗户往下看，正好看到一晚未归的聂西遥被堵在不远处街角的人群中，进退不得。

其中一个头发花白的老人指着聂西遥，激动得脸涨得通红："就是他！这个小偷！我昨晚好心好意给他指路，他居然把我推倒在地，还偷走了我身上的钱！哎哟，这可是我辛辛苦苦挣来的血汗钱哟！"

住在古城的民众大多民风淳朴，最讨厌这种小偷小摸的事情，他们一人一句表情嫌恶道：

"模样还怪好看的，没想到居然干出这种事来！真恶心！"

"人不可貌相啊，人不可貌相！"

"少废话，快还钱！"

……

几个火暴脾气的年轻人开始推搡起来，个个把自己当成正义的使者，恨不得立即在对着聂西遥犯花痴的小女友面前撕破他的伪装。

"让你快还钱，听到没有？人渣！"

聂西遥面对种种辱骂神色不变，甚至垂着眼讽刺地轻笑了一声。他透过人群直直地盯着那个祝老头，嗓音一如既往的淡漠："我？偷钱？"

祝老头瑟缩了一下，心一横，提高声音喊："怎么？可不就是你？你是想赖账，还是想威胁我这个老头子？敢做不敢当？大家伙儿都在这儿给我做个见证啊！有人偷钱想赖账哟！"他嗓门大得很，说着说着竟然挤出了几滴眼泪，看起来颇有些凄凉。

旅馆的老板娘见外头实在吵得厉害，走出来帮忙打圆场："哎哟，这是怎么了？什么偷钱……应该是误会吧？快别闹了，别吓着其他来古城旅游的游客。"

人越聚越多，窃窃私语，好奇地打量这边的情况。几个穿着黑色衣服手臂上文着文身的男人顺势凑了上来，他们眼神警惕地盯着聂西遥和祝老头，与其他看热闹的群众截然不同。

薛拾星急匆匆地跑下楼，推开人群跑到聂西遥身旁：“怎么回事？”

聂西遥看到薛拾星出现，表情松动了些，声音隐含怒气：“你怎么过来了？”

那几个站在外围的黑衣服文身男人看到薛拾星的出现，对视一眼，表情惊讶，越发靠拢了几分。

周围的人骂得越发厉害，聂西遥的忍耐也终于到了极限：“说够了吗？”

周围那群小年轻先是一静，然后更大声地叫嚷起来：“什么意思啊，你？敢做不敢当是不是？”他们见聂西遥丝毫没有被戳破行径的羞愧，不由得有些心虚，“你看什么看啊？快还钱！还钱就饶了你！”

……

薛拾星从小到大都是安分守己的好孩子，从没经历过这样的场面，不禁有些惴惴不安，但还是坚定地站在聂西遥身旁，抓住他的衣角压低声音说：“你昨晚干什么去了？让你别到处乱跑吧，都招惹了些什么人啊？他们讹你是不是……人这么多，我们现在怎么办？”

话虽是埋怨，却含着满满的信任，她甚至压根没问他到底有没有偷钱，就笃定地站在他这边。

聂西遥有些惊讶，心念微动，紧紧握住她微微汗湿的手。

"别怕，"他低声说，"一群无聊的人而已。"虽然面对着无数声讨他的人，他却毫无退缩，表情也没太大变化，他根本不屑跟他们争论。

薛拾星一僵，更紧地回握住他的手。

祝老头见声援的人越来越多，趾高气扬起来："不要妄图拖延时间了！快把钱……"

聂西遥余光瞥见了那几个试图靠近的黑衣服文身男，眼睛眯了眯，打断祝老头的话语，声音不大，却犹如一声惊雷："你儿子祝剑，还好吗？"

祝老头的脸色骤然大变，聂西遥口中的祝剑是他的小儿子，从小到大无恶不作，是古城里一个狠角色。前段时间更是跟着远地方来的一个姓孟的局长混在一起干些神神秘秘的事情……

聂西遥昨晚对这个突然出现的老头感到有些疑惑，他向来行事小心，不会轻易听信陌生人的托词。

前夜里刚下过雨，虽然这个天气地面干得很快，但木柴绝没有那么快干透，可那个老头背上背的全是些干柴。谨慎起见，他安排了一只低调的小灰兔尾随在老头的身后，果然颇有收获。

不只得知了祝老头与孟灏电话里的暗中交易，还听到了祝老头和小儿子祝剑的争执，并且从中得知祝剑就是在孟灏的指示下，一刀结果了毫无防备的聂楚丰。

祝老头埋怨自己的儿子之余，起了贪心，想通过这个机会好好敲孟灏一笔。但孟灏岂会是甘心受人摆布之人？便安排祝老头去山头蹲守。不管会不会有人来查线索，都要做好万全准备。

昨晚聂西遥的出现，让祝老头立功心切，再加上贪财的本性，想出这么一招来，既阻碍了聂西遥在云南的行动，还能好好地敲诈一笔。

祝老头慌了："你、你、你想怎样？威胁我老头子还不够，还想找我儿子麻烦吗？我告诉你，我儿子可不是好惹的！"

聂西遥若有所思地扬了扬唇，眸光幽暗无比："是吗？"

"打人啦！打人啦！"

不知是谁一声惊呼，好几个看热闹的男子被推搡着摔倒在地，场面霎时间变得无比混乱。

"谁打我？！"

"推什么推？还嫌不够挤啊？"

"哪个不长眼的踩了老子新买的鞋子？"

……

祝老头见讨不着好处了，趁着没人注意，灰溜溜地离开了人群。

这场突发的混乱，正是那几个黑衣服文身男人动的手脚。他们趁乱挤开人群，握紧手里的小刀，眼神发狠，朝着聂西遥而来——虽然孟局长的计划被祝剑那小子的爹打乱了，但现在也不失为一个趁乱解决掉聂西遥的机会。

聂西遥并没注意他们的靠近，脸上甚至罕见地出现了一丝焦虑。就在几秒前，他与薛拾星紧握的手被人群蓦然冲开了。

"薛拾星？"
他皱着眉拨开人群。
"薛拾星！"

**Chapter.23**

薛拾星的确是被人群挤开的。

与其说是挤开，倒不如说是被旅馆老板娘硬生生拉出人群的。

"快走快走！"老板娘扯着薛拾星进店，趁着大家都没注意，偷偷摸摸掩上门，气还没喘匀就忙不迭地叮嘱她，"别惹麻烦！"

薛拾星急了，还打算出去："我朋友还在外面！"

"你朋友惹上了麻烦，招惹了那群人，这不是你我能解决的，先顾好自己吧！"

"什么麻烦？"

老板娘见薛拾星这么固执，朝窗户外努努嘴："看到那几个文身男了吗，还有那个老头？"

薛拾星扒着窗棂往外看，正好看到其中一个文身男手里的一抹寒光，她心脏骤然一紧："不行，我要出去！"

老板娘更强硬地拉住薛拾星的手臂："别胡闹了！你出去能有什么用？上赶着给他们磨刀吗？他们都是些不怕死的，那个老头的儿子也是古城里的狠角色！盗墓杀人无恶不作！你要想保命就别出去！"

薛拾星愕然回头："盗墓？他们？"

乱，无比混乱。

无数人在惊呼，无数人在逃走。

聂西遥避开一道刀锋，又迎来另外一道。这是他们的地盘，那伙文身男根本不怕被周围群众发现，一刀又一刀，他们脸上扬起狰狞的笑容，一刀比一刀狠辣。

聂西遥随手捡起一根散落在地上的竹竿一档，化解了迎面一刀，但根本不够，竹竿瞬间断成了两截儿。

他们，或者说孟灏，想在云南置他于死地。

聂西遥冷笑一声，知道以一己之力无法匹敌，遂不再恋战，利用弯弯曲曲的小巷，几个拐弯朝着山上跑去。古城里人群太多、动物太少，他根本无法发挥自己的优势。

那几个文身男对视一眼，没有丝毫犹豫，立马四下分散包抄着追了上去。

任聂西遥体力再好，也架不住多人的围攻。

重物击打在他的后背，他一声闷哼，摔倒在地。旁边两人顺势架住他的手臂，钳制住他，殷红的血顺着他的嘴角流下来。

其中一个恶狠狠地冷笑一声："这下跑不了了吧？"

……

刀挥下来的那一刻，聂西遥脑海里闪过无数画面：

离家留学前，父亲的殷切期盼……

出事后，孟灏毫无顾忌地谈起父亲的死，他笃定自己无法抓住他的把柄……

白顶别墅里母亲凄切地祈祷自己不要回来，不要涉险……

还有……对薛拾星的承诺。

他闭上的眼睛猛然睁开。

不，不能死。

就算死，也不能是现在！

从白天到夜晚。

不知过了多久，当聂西遥踏着一地月光回到旅馆时，老板娘吓了一大跳："你回来了？你、你、你没事吧？"

聂西遥衣服上有多处破损，俊美的脸上也沾着不少血渍，黑色的衣服看不出身上的伤痕。他冷冷的眸子扫过整个大厅："薛拾星跟你一起回来了吗？"

老板娘有些紧张，晃了晃神才答："是的……"

聂西遥不着痕迹地松了口气，他单手解开领口的扣子，神情有些疲倦。

"她人在哪里？"

老板娘讷讷地说不出话来，聂西遥见状眉峰一蹙，有些不好的预感。

他嗓音微寒："在房间是吗？我去找她。"

老板娘怕得不得了，几乎带着哭腔："她不在房里！她出去找你了还没有回来！"

聂西遥脸色微变："你说什么？！"

**Chapter.24**

薛拾星踩着干燥的枯草，打着小手电筒仔细地一处一处查看。她之前透过窗户眼睁睁地看着好几个文身男追着聂西遥往山里去了。

十有八九是……凶多吉少。

于是她当机立断选择了报警。

古城的警察赶来后，她从他们口中得知，那群文身男多次因打架被关进派出所，整日里吊儿郎当，做事肆无忌惮极了，他们也很是头痛。

从白天找到黑夜，依然没有他的踪迹。

旁边一个男警察好心地走过来对她说："薛小姐，都这么晚了，你先回去吧，我们的人会继续留在这里找聂先生的。"

薛拾星坚定地摇摇头，将小手电筒攥得更紧了些："我和你们一起找，多一个人多一线找到他的希望。"这话更像是安慰她自己。

男警察叹口气："那你小心些。"

又走了一小段路，一个黑影从树林里一闪而过，树叶被搅得簌簌作响。男警察警觉地发现了，厉声喊："谁在那里？！"

那个黑影逃窜得更快，估计就是追杀聂西遥的人之一。

男警察犹豫着停滞了两秒后，还是决定孤身循着那个黑影追过去，他在追过去之前还不忘叮嘱薛拾星一句："薛小姐，你一个人注意安全，我很快回来。其他警官就在不远处，要是遇到什么不对，你就喊一嗓子。"

待薛拾星应声后，他很快消失在视线里。

不比上一次在云南的夜晚，在经历了之前种种危险经历后，这次薛拾星有些害怕了。

黑漆漆的树林像是面目狰狞张牙舞爪的魔鬼，就等着她走进去，将她吞吃入腹。

她战战兢兢一遍遍自言自语地给自己打气："薛拾星你不要怕，聂西遥就在前面等你。"

"他在等你。"

不知道哪里来的勇气，薛拾星就这样一个人越走越深。地势也越来越高，之前隐隐还能听到不远处警察的说话声，现在却已是一片寂静。

她有些慌了，小声喊着聂西遥的名字，打算折返再去找找。

身后有人"扑哧"笑出声来，声音近在咫尺。

薛拾星从头顶凉到了脚底，惊慌地问道："谁？"

她还没来得及转身，脖颈就触到了一个冰凉锋利的东西。

有瘆人的声音在她耳旁响起："小姑娘，你是在找我吗？"

薛拾星轻轻侧头瞄了身后那人一眼，僵着声音问："聂西遥在哪里？"

"他？"那文身男咬牙切齿般冷哼了一声，将刀锋又凑近了几分。回想起几个小时前，他们几个追着聂西遥而去，眼看着聂西遥就要命丧刀下，不知道从哪里冒出一大群马蜂，围着他们蜇，害得他们四下散开，聂西遥也跑得没影了。

真是邪门了！

"我哪知道他在哪儿！"文身男声音听起来烦躁得很。

知道聂西遥已经逃脱，并没有被他们抓住，薛拾星松了口气。她逼迫自己冷静下来，开始专心想怎样逃脱险境。她当然可以像之前那个男警察说的那样，吼一嗓子，但如果那样做，在警察赶到之前，她就会落得惨死的下场吧。

　　她状似无意地朝着文身男身后的方向晃动手中的手电筒，试图凭借灯光引来附近警察的注意。

　　"说起来，你是叫薛拾星吧？据说是网络主播？"文身男好像没打算立即杀了她，而是不怀好意地伸手向她的腰肢探去，"是什么类型的直播，说出来让哥几个也去瞧瞧。"

　　薛拾星侧了侧身避开，嗓子眼发干："大哥大哥，这荒郊野岭的，不大好吧？"

　　"有什么不好的？你哥哥我就喜欢滚草地！"

　　"说不定会有狼啊、虎啊、豹子啊什么的，多可怕！"

　　文身男不屑一顾："你胡说八道什么？这地方我还不熟悉。"

　　"嗷呜——"

　　不远处的草丛里突然传来一声凄厉的狼嚎，薛拾星和文身男俱是一愣。两人凝神往那个方向看过去，果不其然，草丛簌簌，一个黑影晃动，有幽幽绿光一闪而过。

　　果然有狼。

　　按理说，狼一般不会单独行动，说不定还有别的狼藏匿在暗处。

文身男心里发毛，勒着薛拾星的脖子后退几步："真是撞邪了，说什么来什么啊！先是马蜂现在又是狼，老子在这片晃了这么多年，还是头一回撞上这些奇奇怪怪的东西！"他犹犹豫豫地看薛拾星一眼，什么非分之想都没了。

薛拾星眨眨眼睛也有些后怕："我就是随口一说。"

那文身男心念一定，趁着狼还没发觉这边的动静，发狠地把薛拾星往狼的方向一推，转身就跑，很快就闪进了树林深处。

薛拾星傻眼了，一个趔趄摔倒在地上，手掌和膝盖蹭得生疼。她还来不及爬起来，就眼睁睁地看着草丛里那只狼慢悠悠探出头来看她一眼，她更是吓得浑身僵硬动弹不得。谁知那狼慢悠悠地收回目光，踱着步子走掉了。

薛拾星更加傻眼了。

什么状况？未免太过匪夷所思了吧？

薛拾星慢吞吞地强撑着身子刚从地上爬起来。

"薛拾星。"一个熟悉的声音自她左侧响起。

她愣住，扭头，手里本来就没握紧的手电筒骨碌骨碌滚到了地上，灯光闪了几下就完全熄灭了。

喊她名字的那人静静站在一片盈盈月光底下，身量修长，纤瘦却不单薄。他的衣服有多处破损和污渍，但丝毫不损他英挺如雕塑的容貌，莫名让薛拾星生出一点他是某个神秘国度的落魄王子的无厘头念头。

他嘴角好像微微向上翘了翘，注视着她的墨黑眼睛里仿佛倒映着璀璨星光。

## Chapter.25

聂西遥是看到树林深处闪烁的灯光找过来的，他经历了之前的一场恶斗身体还有几分虚弱，无法和文身男硬拼，索性找了只通灵性的狼过来吓唬对方。

听到这个熟悉的声音，薛拾星眼眶蓦然一酸，有些不可置信。她再也顾不得什么狼啊虎的，快走几步扑到他身边，不顾自己发疼的掌心，紧紧揪住他的衣角。

"你没事吧？"

两人异口同声。

聂西遥顿了顿，之前脸上那点笑意好像是幻觉。他皱眉，责怪她的嗓音很淡："你怎么回事？之前那么胆小，现在却冲到最前面，生怕他们不来找你麻烦吗？"他抬眼扫了一眼刚才那人离去的方向，嘴角讥讽地抿成一条线。

薛拾星知道，他在说上次去动物园时发生的事情，那个时候自己还义正词严地对他说"保命才是最重要的事情"……

聂西遥还在继续说："现在你跟我都已经成为他们的目标，

你保护好自己就行了，不必冒险出来找……"

话说到一半，他突然僵住，垂下眼睫静静地看着那个毛茸茸的脑袋。

原本微凉的胸膛与一个温暖的怀抱触碰在一起——是薛拾星猛地伸手抱住了他，还把头埋在他怀里，她与他衣服相触的鼻尖隐约还能闻到淡淡的血腥味。

她知道，她都知道，他肯定受了不少伤。

可他好不容易逃脱了，居然不管不顾自己的伤势就孤身出来找她。

"怎么了？害怕啦？"聂西遥身形岿然不动，因奔跑而略微沉重的呼吸平静了些许。

薛拾星在他衣服上蹭了蹭，把自己那点突如其来的湿润通通擦掉，这才闷声说："你今晚话真多。"

聂西遥果然不说话了。

良久，他把手臂环在了她的腰上，回抱住她。他还把精致的下巴轻轻搁在她的头顶上，安抚地蹭了蹭，喟叹一声，带着少见的温柔，这才慢条斯理地说："薛拾星你真是笨蛋。"

的确是个笨蛋。

没了手电筒，薛拾星走得小心翼翼，膝盖发麻，脚步也有些跟跄。之前抛到脑后的胆怯心理又冒出一点点苗头来，生怕从某个角落里突然蹿出一只老鼠来。

那次看到群鼠留下的后遗症可不轻。

她紧紧攥住聂西遥的衣服，本就破损的衣服几乎要被她扯下来了。聂西遥有些嫌弃薛拾星的速度，索性不顾她的意见，强行把她背在了背上。

这是聂西遥第二次背她，感受却和上一次完全不同。上一次她满脑子都是老鼠，只觉得时间过得飞快，根本顾不上想别的；现在她却觉得时间悠长，脚下的这条路好像怎么也走不完，周围黑漆漆的景致也顺眼了很多。

明明和上次一样都是逃命，可到底哪里不同呢？

薛拾星兀自陷入迷惘的沉思中。


是她见到眼前的这个他时，心跳会忍不住"扑通扑通"加速；还是她见到眼前的这个他时，会无法控制自己的喜怒哀乐，全身的每一个细胞都受他的呼吸、他说话的声音所影响呢。

这种情绪，应该是喜欢吧？

她正是因为喜欢小叮当，所以才会心甘情愿到处找法子医治它；她正是因为喜欢那只名为瑶瑶的拉布拉多，所以才会放弃宅在家里的时间，带它到外面散步。

也正是因为喜欢聂西遥，她才会不管不顾地出来找他吧。

聂西遥，我好像……像喜欢小叮当一样喜欢你了。


走着走着，不知道想到了什么，聂西遥低低说一声："真糟糕。"

薛拾星怔了怔，手指不自觉地收紧："什么糟糕？"

沉默良久，他低声说："每次都让你和我一起陷入这种境地之中，真糟糕。"

透过密集的枝丫缝隙，他抬头看了眼从云层中缓缓探出头的月亮。月光皎洁，他的侧脸也被映衬得线条流畅、光洁明亮。

"你应该很讨厌我吧？把你牵扯进来。"他的尾音自嘲般地微微上扬。


薛拾星怔了怔，一时不知道该怎么回答。

的确是有些讨厌的，把自己牵扯到这种错综复杂的案件中来；的确是有些埋怨的，他什么都不肯说，只一个人默默承受这一切，尤其是自己越了解他，就越心疼他。

她缓缓摇头，抱紧他的脖子："还好吧，不管怎么说，我也算是经历过大风大浪的有故事的人了！以后直播的时候也可以说上一嘴，比如突然出现的田鼠群，比如明明看见我却无动于衷离开的狼……还比如天天蹲在我家窗户上偷窥我日常起居的白鸽。说起那只白鸽，好像就是认识你之后才出现的，它每天出现就算了，还老是直勾勾地盯着我家小叮当，我都怀疑它对小叮当图谋不轨了。哎，说起来，鸽子应该不吃蛇的吧……"

说到最后，她也不知道自己在胡言乱语什么了，只默默地在心底想——

不讨厌你是因为，每次在我最狼狈、最无助的时候你都会出现呀。就让我不要脸地将自己想象成落难的公主吧，我同样落魄的骑士先生。

聂西遥又沉默下来。

薛拾星小腿一晃一晃的，好奇地问他："你不是有洁癖吗？现在浑身脏兮兮的就不难受吗？"

聂西遥顿了顿，隐忍地说："闭嘴。"

薛拾星笑了，又继续问："你之前是怎么逃脱的？你又是怎么知道我在这里？还有，你是特意来找我的吗？"

你……是不是担心我？像我担心你一样担心我？

聂西遥把她往上托了托，没有回答第一个和第二个问题，而是淡淡地说："你忘了吗？我之前答应过你，我会来救你，不管怎样，我都会来救你。"

薛拾星愣住，从心底漫出丝丝缕缕的感动来。

还来不及说什么，却听到聂西遥接下来的一句："所以以后不要再犯傻了。"

薛拾星："……"

"啪叽"一声，她好像听到了什么破碎的声音……

就不能给身为少女的我，一点点幻想的空间吗？！

**Chapter.26**

走了好长一段路，两人才和搜寻的警察会合。

那个男警察焦急地打量着薛拾星："薛小姐你受伤了吗？没出什么大事吧？"

薛拾星不好意思地笑笑，趁着聂西遥将自己放下，赶紧说："没事没事，人你们都抓到了吗？"

在得到男警察肯定的答复后，薛拾星舒了口气，拍了拍聂西遥的肩膀："谢谢你们的帮忙，聂先生我已经找到了。"

那男警察看一眼冷若冰霜的聂西遥，有些诧异薛拾星居然是为了这样一个人不管不顾地跟着他们在树林里跑来跑去。看起来是位不太好相处的先生啊……

男警察松口气点点头道："既然人找到了，那我们就先回去了。那几个犯事的已经被捕了，你们就放心吧。"他指一指不远处停放的几辆警车，周围铐着好几个手臂有文身的男人——之前那个威胁她的文身男赫然也在其中，估计是跑路跑到一半，被警察抓个正着。

聂西遥客套地颔首："多谢了。"

待他们走后，聂西遥才望着她不急不缓道："嗯？到底是谁找到了谁？"他眸光很淡，语气也很淡，那浅浅的笑意几乎可以忽略不计。

薛拾星讪讪地别开眼睛："啊，哈哈哈，不要在意这些细节啊，不要在意这些细节。"

总之，我们找到了对方，这才是最重要的。


回到旅馆时，老板娘已经睡下了，店里静悄悄的。

薛拾星轻手轻脚地上楼，打开了自己的房门。洗漱完毕换上干净的衣服后，她舒服地躺倒在房间的大床上。

回想起这一整天经历的种种，她越想越觉得匪夷所思。

不单单是被人指名道姓地追杀，还有那只古怪的狼，好像是特意为了救她才出现一样……她不由得又想起被绑架的那天晚上见到的田鼠群，好像也是因为它们的突然出现，才给了聂西遥救出她的机会。

单独行动的狼、密集出现的田鼠……这些动物的异常行为又预示着什么呢？

越想越觉得复杂，她忍不住自言自语："老天啊，为什么我会经历这些奇奇怪怪的事情？！"

隔壁房间的聂西遥也没有入睡，而是趁着一点空闲时间给邵一源打了个电话。

邵一源那边毫不意外地传来嘈杂的音乐声，他虽已经习以为常，却还是蹙了蹙眉。

"聂公子啊聂公子，你可真不怕打搅到我的好事啊？这么晚还给我打电话。怎么？和拾星相处不愉快吗？"邵一源熟悉的调笑声自电话那头响起，还隐约可以听到他身旁有女声在问些什么。

聂西遥没说话。

邵一源虽行事纨绔，心思却通透得很，他很快走到了一处安静的角落。深深吸一口烟，烟雾缭绕间，他薄唇上扬："说吧，找我什么事？"

聂西遥墨黑的眼眸微微眯起，目光凝在缠绕在他白皙有力的手臂上的翠青蛇的身上，它慵懒地吐着鲜红的芯子。白与青，青与红，形成一种惊悚又惊心动魄的美感。

"帮我查一个人，云南当地人，名字是祝剑。"

## Chapter.27

又在旅馆里住了一宿，第二天清晨，聂西遥便告诉老板娘两人即将返程，不打算再继续住下去了。

老板娘松了口气："你们早些回去也好，不是我怕因为招待你们惹麻烦上身，而是你们不该招惹上那些人。虽然他们暂时被关了，但毕竟没闹出人命来，关不了多久，以他们的性格他们是不会轻易放手的。既然已经造成现在这样的局面了，你们快快离开古城才是最稳妥的做法。"

聂西遥和老板娘聊完后，走到薛拾星的旁边，他依旧穿着宽松的黑色外套，衬得整个人十分冷峻不好亲近。

薛拾星让了让，随口问了句："怎么你不穿白衬衣了？最近老是黑不溜秋的。"

聂西遥滞了一下，不动声色地坐下，这才说："黑色方便行动。"

薛拾星点点头，也不多问，从盘子里挑了个白白胖胖的馒头递到聂西遥眼前："喏，最好看的一个，特别衬你，快吃吧。"

聂西遥尚在沉思中："我不饿。"

"别呀。"薛拾星把馒头往他手里一塞，放低声音，"一顿不吃饿得慌，况且我们还得逃命呢。"

见薛拾星说得轻松，聂西遥眉梢一动，舒展了些许，拿着馒头细嚼慢咽起来。

"你不害怕？"

"唉，怕也没有用啊，已经这样了，我们现在是一根绳上的蚂蚱了，你肯定会保护我的对不对？"她言笑晏晏，一副无所畏惧的样子。

聂西遥闻言抬眼瞥她一眼，良久才淡淡应道："嗯。"

"对了，"薛拾星突然想起昨天老板娘为了阻止自己，脱口而出的盗墓一事，表情严肃起来，"我听说追杀你的那伙人是盗墓贼，他们会不会和你父亲涉嫌的盗墓一案也有联系？"

见聂西遥脸色沉了沉，薛拾星吐吐舌头："不好意思啊，我不是有意要说你父亲是古董大盗，虽然他的确……"

聂西遥的目光从装满奇形怪状馒头的盘子上移到薛拾星脸上。

"他不是古董大盗。"

"啊？"

回到房间收拾东西时，聂西遥将除了异能外的种种事情告知了薛拾星。

他前天晚上一夜未归，就是在暗地里打探守在古墓旁的那群文身男的真正身份。根据他安排去古墓旁勘察的翠青蛇告诉他的线索，他才终于明白，那伙文身男是整个案件的最底层，也是最重要的存在。

他们是从墓穴里得到第一手国宝级古董的人，受利益驱使开始从事盗墓。如果他们真如新闻里所说，受聂楚丰的指使盗墓，那么，他们没有理由对聂楚丰的儿子痛下杀手。

怎么想，都不成立。

直到聂西遥从祝老头那边听闻了孟灏和祝剑的交易，这才将线索拼凑在一块。

即使细节还不明晰，但所有的一切都大致说得通了。孟灏一直在私底下倒卖古董，从中牟取了巨大利益。不知出于什么原因，孟灏将此事告知了聂楚丰，以聂楚丰刚正不阿的性子，自然不会同意，甚至会阻止孟灏，免其越陷越深。

　　这也是薛拾星口中的"听到林中有人争执"一事。

　　孟灏担心聂楚丰将其倒卖古董一事宣扬出去，于是暗地里指使一个盗墓贼，也就是祝老头的儿子祝剑杀害了聂楚丰，还将盗墓一案的黑锅推给了聂楚丰。

　　真正的古董大盗，其实就是孟灏。


　　听到最后，薛拾星惊讶不已："天哪，好复杂的案子……你到底是怎么查到线索的？也太神了吧！"

　　她更惊讶的其实是，经过昨晚她寻找聂西遥又反被他找到这件事后，聂西遥好像对她更加信任一些了，还把之前怎么也不肯提及的案子实情全都告诉了她。

　　她莫名有些受宠若惊，更加摸不准聂西遥的心思了。

　　聂西遥随手提了提薛拾星刚刚收拾好的行李，轻得很："现在难的是，我们知道真相，却没有证据告发孟灏，只能从没有参与这次行动的祝剑那里入手。"

　　"那你打算怎么办？"

　　聂西遥眼睛微微眯起，看一眼窗外来来往往的游客，手指在电视柜上摆放的透明杯子上敲了一下，水波轻轻柔柔地漾成一圈又一圈，久久不能平复。

"引蛇出洞。"

聂西遥将自己和薛拾星即将离开古城的消息透露给老板娘，就是第一步行动。

## Chapter.28

古城住宅区，一栋看起来颇有些年头的老房子里。

祝老头看着一桌子清汤寡水的饭菜长吁短叹。

祝老头的擅自行为经人举报传到了孟灏耳里，他被孟灏狠狠批了一顿。孟灏说祝老头的冲动暴露了身份不说，还害他折损了几个得力助手，之前说好的钱也没能兑现。祝剑因为上次的杀人案，一直按孟灏的吩咐躲在家里避风头，已经好久没出去干活了，之前孟灏给的封口费也基本花光了。

祝老头这番唉声叹气，让坐在电脑前打游戏的祝剑受不了了，他捽开鼠标，粗声粗气地喊："你至于这样吗？这次的事情孟局长自有他的安排，犯得着让你急吼吼地动手？活该被骂吧！"

祝老头捡起拐杖狠狠去敲祝剑的腿："你这小兔崽子！还不都是你整日里不务正业！盗墓没挣几个钱，还杀了人，最后连累我帮你收拾烂摊子！"

祝剑抱着键盘麻溜地躲开："我是孟局长的人，也是听从孟局长的指示行事。孟局长自然会帮我收拾，需要你在旁边碍手碍脚？"

祝老头气急，气息不匀："好、好你个不孝子！"

门外传来急促的敲门声，原本喘着粗气争执不休的两人俱是一惊，祝老头起身，猫着腰透过门缝往外看："谁啊？"

敲门声更剧烈。

"祝剑哥，祝剑哥在吗？"

祝剑听出是熟人的声音，拉开挡在门前的祝老头，打开门不耐烦地道："什么事这么火急火燎的？"

"祝剑哥！刚才一个盯梢的兄弟打听到，聂西遥和薛拾星今天就要离开古城返回长河市了！"

祝剑一愣："怎么这么快？"

"那就不清楚了……我们好几个兄弟都被他们弄进了局子里，一时半会儿也出不来。聂西遥现在在我们的地盘上，要是我们没能拦下他……孟局长该对我们有看法了吧？"

祝剑丢开手里的键盘，纠缠的电线险些绊倒竖起耳朵听墙角的祝老头。

祝剑心里冒出些不好的预感，想了想，咬牙说："走！"

他脚步滞了一秒，朝着屋内看了一眼，冲祝老头凶巴巴道："你不要跟过来啊，碍手碍脚的！"

古城没有机场，聂西遥和薛拾星需要先搭乘几个小时的大巴才能到达机场。

由于今天起了个大早，薛拾星现在有些困了，打了好几个哈欠。

等车的空当，聂西遥摊开一份报纸，抽空看了她一眼："现在还早，睡会儿吧。"

薛拾星赶紧摇头，扯了扯嘴角："还是不了，这种抓捕凶手的紧要关头，我怎么能在睡梦中度过？"

她瞪大眼睛，作精神抖擞状。

话虽这么说，但没过几分钟，她脑袋就一搭一搭，迷迷糊糊地与周公见了面。

聂西遥翻阅报纸的动作轻了些，他面无表情看着薛拾星，在她的头即将磕到前方的桌子时扶了一把。重复好几次后，他终于无可奈何地将薛拾星的脑袋妥帖地靠在了自己的肩膀上。

果然安稳多了。

又等了一小会儿，一只小鸟飞了过来，稳稳地停在了聂西遥的另一个肩头，尖喙在他的耳畔贴了贴。

聂西遥神色不变，依然翻阅着手里的报纸。

直到大巴车缓缓驶近，聂西遥才推醒薛拾星。

"该走了。"他淡淡地说。

## Chapter.29

大巴车里冷气很足，一上车，薛拾星就被这股迎面而来的冷风一激，困意瞬间消失得无影无踪。

聂西遥表情很平静地上了车，薛拾星往车内一探，好几十个背包客正在找座位坐，一坐下就迫不及待开始补眠，他们对即将发生的一切毫无察觉。

薛拾星神情一紧，下意识地拉住聂西遥的衣角。

聂西遥停下脚步，墨黑的眸子望向她。

"怎么了？"

薛拾星一顿，压低声音："不会牵连到他们吧？"

她指的是接下来即将发生的祝剑对他们的围堵行动。

也不知道聂西遥是怎么断定祝剑会在大巴行驶至机场的道路上围堵的，她追着问了好几句，却只得到聂西遥一段"祝剑性格冲动，他杀人的把柄在孟灏手里，再加上他要靠孟灏赚钱，注定会涉险一搏。他们人手不多了，他绝不会对我们的离开坐视不管"这样的回复。

薛拾星险些被他这番说辞糊弄过去，但仔细一想，他依然没解释祝剑为什么会在半路围堵啊，而且他怎么会对围堵的地点这么了解？

聂西遥嘴角紧绷的弧线一松，淡淡道："他低调了这么久，不会把事情闹大。"再说，即使祝剑动了别的坏心思，自己也完全可以阻止他。

也不知道聂西遥哪儿来的自信这么笃定，薛拾星满腹疑虑却不好再继续问，点点头随着他找座位并排坐下。

等待的时间很难熬，尤其是等待必定会发生的不好的事情。

大巴平缓地行驶在某条僻静的小路上，两旁的树木郁郁葱葱，将天空的空隙一点点变小，几乎要把大巴一层一层藏匿其中。

薛拾星撕开一小袋薯片，紧张地小声嚼着。她时不时偷瞄一眼坐在一旁假寐的聂西遥，他高挺的鼻梁、薄凉的唇，越看越觉得自己眼光好，二十年来第一次喜欢上的男生长这么好看。瞄了好几次终于被眼睛掀开一条缝的聂西遥抓个正着。

"看什么？"

"……看你啊。"薛拾星理直气壮。

"看我干什么？"

薛拾星开始厚脸皮了："看你好看呗。"

聂西遥嘴角微微向上扬了扬，又将墨黑的眸子合上，同时伸手捂住薛拾星的眼，嗓音淡淡道："别闹。"

薛拾星心里有些泛甜，移开他的手，心满意足地继续吃薯片，还时不时故意把薯片凑到他嘴边，看着他嫌弃地皱起眉。

等待的时间好像也不是那么难熬了。

不知过了多久，突然传来一声枪响，林中的鸟儿被骤然惊动，拍着翅膀纷纷飞向天际。

聂西遥倏然睁眼，神情严肃："他们来了。"

薛拾星表情也严肃起来，眼睛一眨不眨地盯着窗外。

没一会儿就听到大巴前传来喧闹声，四五个凶神恶煞般的文身男矫健地从树丛中钻出来，他们手中各拿着一把大砍刀。领头的是个面容消瘦的男人，只有他的手中握着一把漆黑的枪。他在家窝藏了很久，皮肤苍白得很，聂西遥稍一打量就认出他来。

古城里的这伙文身男野惯了，无恶不作，胆子极大，只要不闹出人命来，压根不怕被游客举报。这条通往机场的必经小道也是他们拦路抢劫的地点之一。由于昨天的行动，他们在古城又一次引起了警方的注意，无法在城内再次开展行动，只能选择这里拦截聂西遥。

大巴司机是个新手，显然也是第一次遇到这种情况，在文身男们的指示下颤颤巍巍地停下车后，便唯唯诺诺不敢说话了。

祝剑和一个文身男一同上了车，他肆无忌惮地放开嗓子喊："哪个是聂西遥？"

车上的游客都是开开心心出来玩的，不想惹麻烦，此刻遭遇拦路已经是飞来横祸，早已吓得六神无主了。听到对方是有针对性地找人，一个瘦小的男生赶紧指着坐在前排的聂西遥："就是他！"在接收到薛拾星惊诧的眼神后，他更加瑟缩，小声解释，"我听到他们聊天来着……提到了这个名字。"

祝剑顺着指示看一眼聂西遥，不屑地"嗤"一声："不就个小白脸嘛，兴师动众！"

话虽这么说，但他还是有些警惕，毕竟这个男人身上还是有些不可控的因素的，按小弟的话来说就是有些邪门。

但他连古墓都敢下，还怕什么邪门的事？

他示威一般地扬了扬手里的枪，冲两人喊："给老子下车！"

聂西遥终于从沉思的状态中醒来，他锐利的眼眸冷冷地扫向祝剑，脸上浮起一丝讥讽的笑意，然后居然真的双手插兜毫不在意地起身下了车。

祝剑也有些意外，他颇有些心神不宁地把目光从聂西遥身上收回，再回头恶狠狠地看薛拾星一眼——

"你也给老子下来！"


**Chapter.30**

车里的乘客本就不多，此刻没有人敢当出头鸟，都缄口无言注视着聂西遥和薛拾星下了车。

一个文身男走到他们身后，毫不留情地用绳子一圈一圈紧紧捆住两人的手腕。

聂西遥任由他们捆绑着，薛拾星也低着头不说话，丝毫没反抗。

祝剑心底的得意盖过了疑虑："区区两个人，居然也能把他们通通送进局子里？是他们太蠢还是老子蠢？"

周围人赶紧恭维道："祝哥不出山，他们哪里能成气候？"

祝剑正飘飘然，却听见聂西遥冷笑了声，声音不大，却让祝剑瞬间炸毛："你还笑？死到临头还不赶紧想着巴结巴结老子，只要你跪下喊我一声祖宗饶命，我还能让你死得痛快点！"

其余几人开始哈哈大笑起来。

聂西遥缓缓抬眸，终于开口，却不是祝剑想象的话："死？就凭你们还是就凭孟灏？"

寡淡的嗓音终于让祝剑清醒了一点："什么孟灏？你的死关孟灏什么事？"他眼神有些闪烁，"老子就是看你这个小白脸不顺眼，你少给我胡扯！"他指挥着其他人，"去，把他们拉到树林里去！"

话语刚落，林中的鸟儿又一次被惊动，有另一批人马过来了。祝剑彻底清醒过来，他冲蹲守在大巴上的文身男吼："你眼睛怎么长的？居然有人报警？"

那个文身男连声喊冤枉："祝哥我眼睛时时刻刻盯着呢！绝对没人报警！"

"别管了，快走！"

他们刚打算有所动作，一大批警察冲了上来团团围住他们："不许动！"

其中拿着枪的祝剑被盯得最紧，领头的是昨晚那个好心的男警察："祝剑，你放下枪！你看看谁跟在你身后找过来了？多亏了他，我们才能这么快找到你们的踪迹。"

一个人被警察缓缓推出，赫然就是祝老头。

祝剑急了，冲祝老头吼："你怎么跟来了？不是让你在家好好守着吗？"

祝老头又气又恼，瞄一眼面无表情的聂西遥，连连叹气："哎哟，我这不是担心你嘛，他不好惹的！"

祝剑嗤之以鼻："我就好惹不成？"

男警察厉喝："祝剑，你不要再试图抵抗了，快放下枪！我方收到匿名举报，你涉嫌谋杀聂楚丰、盗窃古墓文物，现在证据确凿，你还是老老实实认罪吧！"

祝剑仍不信，质问道："证据呢？"

男警察继续道："你家里已经被彻底搜查过了，盗窃古董的工具一样不少，甚至还偷藏了几样国家级文物，沾有聂楚丰血液和你指纹的凶器也在你房中被发现，你还有什么可说？"

还有什么可说？还能说些什么？

杀害聂楚丰的凶器他早就丢在深山老林了，怎么会突然无缘无故地出现？真是见鬼了！

他永远不会知道，那把刀是聂西遥安排嗅觉灵敏的动物找回来，偷偷藏进他家中的。

一旁松了绑的聂西遥神色淡淡："是孟灏指使你的吧？"

祝剑目眦欲裂，随意地把枪往地上一扔，发狠说："聂楚丰的确是我所杀，古墓也的确是我所盗！但孟灏是谁？聂楚丰撞见我盗墓一直叽叽歪歪个不停，我怕他泄露出去，就一刀结果了他。我一人做事一人当，你们别把我和乱七八糟的人牵扯在一起！我还不至于这么下作要拖人下水！"

薛拾星还欲再说，聂西遥却拉住了她的手腕，锐利的眸子渐渐浮出一丝森冷的笑意："好。"

他本就不指望依靠祝剑牵扯出隐藏在背后的孟灏，孟灏的势力比他想象中大，自然会有脱身的万全之策。他的目标只是洗清母亲唐佳梅的嫌疑和挖出孟灏在云南的盗墓团伙，斩断他一条赚黑钱的手臂罢了。

祝剑舒口气，死偎着低着头不再说话，任由蜂拥而上的警察扣住他。他还指望着孟灏看在他忠心耿耿的分上救他出去，再不济，将祝老头救出去也好。他老爹年纪已经很大了，经不起折腾了。

在一旁指挥的男警察看着最后几个文身男束手就擒，在心底盘算着，加上之前追杀聂西遥的那批，终于将他们一网打尽了。现在有了盗墓和杀人的证据，他们再也无法翻身作恶了。

悬了好久的杀人案终于告破，那个男警察说不出的神清气爽。他抬头望向薛拾星两人的方向，两人已经上车了。

大巴车经历了一场惊险的对峙后，慢吞吞地重新启程。

周围的游客大多是一副劫后余生的样子，庆幸警察的及时赶到。还有几个人警惕地看向聂西遥两人，只想着这趟旅途快点结束才好。

薛拾星虽然还是有些不满，但终究松了口气，好奇地问道："是你早早喊了警察过来吧？玩匿名举报？你之前不是还说没有线索吗？"

聂西遥随意点头："嗯。现在有了。"他看一眼薛拾星不停揉手腕的动作，"疼？"

薛拾星忙不迭地点头，委屈道："有点，你看都红了，冷不丁看过去还以为我这么壕，戴了两块手表。"

聂西遥视线只停顿了几秒就移开眼睛："这里没有治跌打的药，忍一忍。"

薛拾星："……"薛拾星心想，我想听的不是这个啊！

阵阵微风透过半开的窗户吹进车里，拂动陷入沉睡的薛拾星的额发。聂西遥静静看一眼靠在自己肩膀上的她，嘴角微微掀起一点弧度。

# 第五章
— 针锋相对 —

**Chapter.31**

经过好一番奔波，刚下飞机，薛拾星就迫不及待地深深呼吸了一口长河市的空气。

虽说只在云南待了短短三天，中途却发生了太多事情，恍惚间，好像离开长河市很久了。

聂西遥提着两个人的箱子放在推车上，静默地推车往外走的样子，吸引了机场一大批少女的目光。

薛拾星瞧了他一会儿，问："你接下来打算怎么办？"

"不知道。"聂西遥答。

薛拾星显然没想到得到这个答案："你不是该一鼓作气吗？"

"一鼓作气？"

这四个字不知怎么戳到了他的笑点，聂西遥居然低低笑了一声。

这突如其来的笑让薛拾星呆了两秒，他嘴角向上弯，眉头也舒展开。这大概是她第一次见到聂西遥发自内心的笑，或许，解除了他母亲的嫌疑真的让他很开心吧。

"孟灏现在肯定气急败坏，我没必要去触他的霉头。"聂西遥盯着她慢慢地说，"我们不用急于一时。"

她理解地点点头，想了想她忍不住脱口而出："要不要我……"

"聂哥哥！"

一个打扮时髦、梳着中分头的美艳少女兴奋地冲着这边打招呼，声音大得人人侧目，她身旁一脸无可奈何的俊逸男子，赫然就是邵一源。

薛拾星的心沉了沉，刚刚冒出一点勇气的小火苗好像遭遇了一阵微风，几乎快要熄灭。

聂西遥恍若未闻，依旧盯着薛拾星。

"你想说什么？"

薛拾星来不及回话，孟千蓝已经来到跟前。她看也不看薛拾星一眼，兀自走过来挽住聂西遥的手臂，语气甜得有几分刻意："聂哥哥你什么时候去的云南？怎么都不喊我陪你？"

聂西遥理也没理她，毫不留情地抽出手，看了邵一源一眼。

"她怎么来了？"

孟千蓝毫不气馁，又挨近几步，笑道："聂哥哥，我来接机呀。"

邵一源摊手，面对这个脾气古怪的骄纵少女，他一点办法也没有："这几天没打听到你的消息，她老缠着我问，一言不合就对外宣称是我女朋友。我可对付不了她，你自己解决吧。"

邵一源把目光转向低着头静默无语的薛拾星，笑容蓦然扩大，手臂搭在她肩膀上，亲昵道："拾星，这几天聂西遥这个冰块没给你甩脸色吧？老实说，你是不是特别想打他？"

薛拾星干笑两声，避开他的手臂，开玩笑道："相比较他，我更想打你。"

邵一源夸张地叫："冤枉啊，我又怎么了？"


孟千蓝这才将目光投向薛拾星，她冷哼一声，十足的不屑："聂哥哥你怎么和这种土气的人一起去的云南？她是你带的保姆吗？"

薛拾星没想到这姑娘看起来漂漂亮亮的，说话这么难听，怒气一下子上来。

她平日里虽看起来文静和善的样子，但实际上还是很会吵架的，毕竟这么久的主播也不是白当的。

但聂西遥没给她开口的机会，他几乎是立刻维护了她斥责了孟千蓝，还冷声对孟千蓝说："你如果对我的朋友这副态度，我看也没有必要来找我。"

孟千蓝不服气，不可置信般地指着薛拾星："聂哥哥，她是你朋友，我就不是你朋友吗？"

聂西遥皱了皱眉，不打算再和她纠缠下去。

"不好意思，我还有事。"话里话外是赶人的意思了。

孟千蓝脸色霎时间白了几分，她跺跺脚，狠狠剜了薛拾星一眼后，怒气冲冲地离开了。

薛拾星耸耸肩表示自己很无辜，明明话都是聂西遥说的，关自己什么事？

明明孟千蓝已经离开，气氛却冷了下来，两个人谁也没有开口说话，聂西遥也没有继续问她那句没说完的话到底是什么。

邵一源乐得看孟大小姐吃瘪，此刻心情好得很，自顾自地拉着薛拾星东拉西扯了好一阵。他看似吊儿郎当没心没肺，实则在化解此刻的尴尬。

薛拾星，孟千蓝。

他暗自觉得有些可笑。

凭他对女人的了解，怎么会看不出薛拾星已被聂西遥所吸引？

可偏偏孟千蓝也不是好惹的角色，更何况她是孟灏的女儿，她的存在或许能给聂西遥带来某种便利。

但聂西遥的心思，谁知道呢？

薛拾星默默看了眼聂西遥，他的侧脸轮廓分明冰冷，长长的眼睫半搭在深不见底的眼睛上，薄唇抿成一条线，那种遥不可及的距离感又一次冒了出来。此次云南之行亲密无间的经历好似一场梦境，或许现在是回归现实的时候了。

薛拾星深吸一口气，与一旁聒噪的邵一源开起玩笑来，心里想的却是那句未说完的话——

要不要我，陪你一起揪出真凶？我可是很厉害的哟。

## Chapter.32

邵一源依旧开着他骚包的白色跑车，从机场亲自送薛拾星到家。

拉布拉多听到动静，迫不及待地摇着尾巴跑出来迎接主人。宛朵朵早早得知了消息，也笑眯眯地站在门口，还不等薛拾星开口就说："停！我知道你想问什么！放心吧，小叮当很好，瑶瑶也被我喂得白白胖胖的。"她促狭地在薛拾星和聂西遥之间打量，"你们怎么这么快就回了？不多待几天？"

薛拾星诉苦道："别提了，现在这个时节游客多得不得了，人挤人有什么好玩的，还不如窝在家里吹空调看电影呢！"

邵一源将薛拾星的行李放进屋内，搭话道："可不是！旅游城市有什么好玩的？我看还不如咱们长河市繁华！"

宛朵朵不屑地翻个白眼，撇嘴嫌弃道："对于你这种浪荡公子哥来说，只要有夜店你就心满意足了吧？"

邵一源散漫地笑了笑，也没反驳。

随便聊了几句后，邵一源便说有事情找宛朵朵帮忙，神神秘秘地拉着宛朵朵出了门，说要单独谈。宛朵朵一脸茫然，薛拾星更是一脸茫然，也不知道他们什么时候这么熟了。默默注视他们离开后，聂西遥依然伫立在门口。

薛拾星惊讶地回头看他："你还不走吗？"

聂西遥眼眸眯了眯："你赶我走？"

薛拾星摇头让聂西遥进屋："不是你说我们不用急于一时吗？你又改变主意了？"

聂西遥换鞋子的动作顿了一下："的确不能急于一时。"他脱下黑色外套，露出里面微微汗湿的白色衬衣，隐约可见几道很深的伤口，渗出一点点血丝，显得有点病态的虚弱，这大概也是他坚持穿黑色外套的原因吧。

不想别人看到自己脆弱的一面。

他眉峰微挑："我们之间只能谈论案子吗？"

薛拾星毫无顾忌地点头："是啊——"看聂西遥神情变得有些微妙又赶紧补充，"我是说我们毕竟只是合作伙伴嘛，一根绳上的蚂蚱。"越说聂西遥脸色越古怪。

他兀自在沙发上坐下，任由拉布拉多的爪子在他身上肆虐："你的意思是，抓住孟灏之后就跟我不再联系？"

这下子薛拾星不知道该说什么好了，事实上，她真是这么觉得的。他们之间所有的联系都是跟案子有关，和孟灏有关。她虽意识到了自己喜欢聂西遥，却无法想象，在案子结束后，该以什么样的身份和他相处。

她所有的巧舌善辩，在面对聂西遥时都发挥不出来，有时她甚至怀疑自己不适合当主播了。


这诡异的沉默在聂西遥眼里更像是一种默认。

聂西遥沉默了一会儿，不再继续这个话题："这个月10号，也就是明天，景盛大厦有一场时装展，我会以聂楚丰儿子的身份出席。"

正式亮相意味着他会站在所有事件的风口浪尖上，面对所有质疑之声。也意味着他将彻底活在公众的视线下，更安全也会更危险。

薛拾星一怔："你果然有新的计划了。"

聂西遥脸色冷了几分："你不想听这个？"

薛拾星也不知道自己哪里惹到他了，赶紧说："没有没有，你说吧，我听着呢，需要我帮忙吗？"

聂西遥脸色好像更僵了一点，良久，他才看着她的眼睛。

"你和我一起出席。"

"啊？为什么？"

"因为我们是一根绳上的蚂蚱。"

"……"

好像是这么个理。

可是，这关我什么事？！

## Chapter.33

另一边，孟千蓝从机场气冲冲地返回家中。

刚想把从聂西遥处受到的委屈向孟灏倾诉，却只来得及看到他上车的背影。

天色这么晚了，也不知道他要去哪里。

临走前，司机老许还紧张地向着门口的方向张望了一番，大概是在看她的车有没有回来。

他怎么也没想到她今天是搭乘的出租车。孟千蓝细长的眉毛皱起来："这个老许，神神秘秘的搞什么鬼？"

好奇心使然，她指使出租车司机偷偷跟在孟灏身后一路尾随到白顶别墅旁。

孟千蓝更惊讶了，别墅附近巡逻的保镖都是熟面孔，看这架势，这处别墅应该是孟灏私底下买的。

　　孟灏向来疼爱她，不可能买房子不告诉她一声。她更加恼怒，只觉得聂西遥和孟灏都背叛了她，不管不顾就往里面冲。


　　经过这段时间的适应，孟灏对唐佳梅的看管越来越松，她渐渐可以自主地在整个屋子里走动了，只是不能出门。

　　唐佳梅胆战心惊地喝着汤，偷偷瞧着桌子另一头脸色铁青的孟灏，想了想她还是试探地开口，带着点讨好的意味："阿灏，你心情不好？是出什么事了吗……还有小遥他……他最近过得怎么……"

　　孟灏猛地把碗碟一摔："别提他！"

　　唐佳梅被他激烈的反应吓了一大跳，心脏本就脆弱，这下子眼泪更是不可抑制地流出来。

　　孟灏一愣，知道是自己反应过激，脸色缓了缓，静了一瞬才轻声安慰唐佳梅："没事，是我不对，不该吓着你。最近工作上事情太多，是我不该把情绪带回家里。"

　　家里？

　　唐佳梅听到"家"这个字吓得一阵心惊，却再也不敢表现出来，只好轻轻地点点头。孟灏最近有些喜怒无常，她不想去触他的霉头，再加上自己的活动空间好不容易扩大了一点点，她实在不想再回到那个压抑的房间里了。

　　唐佳梅的乖巧取悦了孟灏，他因为被聂西遥掐断了云南这条线的愤怒缓解了一点点。现下聂西遥步步紧逼，虽然祝剑被抓，但他的身份并未暴露，解除唐佳梅嫌疑的消息尚未在新闻上大肆传开。

　　聂西遥这一步接一步的举动，让他更不能退缩，只能放手一搏。

　　一阵急促的高跟鞋脚步声从大门口传来："……你们敢拦我？胆子肥了是不是？我爸在里面是不是？是不是养了个野女人想着金屋藏娇？！"

　　唐佳梅又惊又喜地冲餐厅门外张望："是千蓝来了吗？"她已经好久没见过除孟灏和房子里服侍她的人以外的其他人了。

　　孟灏没说话，眉头紧皱，知道那群保镖奈何不了自己的女儿，索性不再管。

　　没一会儿，孟千蓝的身影就出现在了视线里，她语气依旧尖酸刻薄道："……别以为我妈不在，就有野女人敢来孟家撒野！我倒要看看到底是谁这么大胆子！"

　　"孟千蓝！"孟灏厉呵道，"没大没小！"

　　唐佳梅小声安慰："别怪她，她不知道是我……"

　　孟千蓝已经彻底走到跟前，她鄙夷地扫一眼坐在餐桌另一头的女人，眼睛倏地睁大，一脸的不可置信。

“唐阿姨？！”

## Chapter.34

孟千蓝的时装展准时在景盛大厦开幕。

收到邀请函的聂西遥不急，邵一源也不急，倒把没有收到邀请函的薛拾星和宛朵朵急得团团转。

不为别的，只因为两位大爷邀请了她们当女伴。

四个人曾因为时装展到底需不需要带女伴产生了争执。

宛朵朵说：“你看看新闻里的明星参加时装周，都是独自前往啊，然后拗几个造型，拍几张精修美照，完事！”

邵一源调笑：“我不管，我要是一个人去，那多丢面子！别人会怎么想我？”

宛朵朵不管他的歪理，反驳道：“你丢不丢面子关我什么事？”

邵一源狭长的桃花眼越发暧昧：“嗯？怎么不关你的事？你忘了在聂西遥和拾星去云南的那天晚上……”

宛朵朵急了，耳朵都羞红了：“啊啊啊，你闭嘴！我们之间什么都没发生，你不要说得这么暧昧！不许侮辱我的清白！”

……

薛拾星望向静静喝咖啡的聂西遥：“你应该不太在意这些吧？”说完又暗搓搓地补充一句，“反正你一直是单身……”

邵一源听到了，似笑非笑地说："哟，我们聂公子的私事都被你知道了？"

聂西遥神情自若地搁下咖啡杯："的确不在意。"

薛拾星舒了口气。毕竟是参加孟千蓝的时装展，自从在机场见识了孟千蓝的尖酸刻薄后，她心里就有了点小芥蒂，再加上听邵一源状似无意地提起，孟千蓝追求了聂西遥很多年，一直以聂西遥的未来妻子自居……

她心里更不舒服了，不想见到自己的情敌不可以吗？

薛拾星刚以为自己逃过一劫，就听到聂西遥压低声音说："孟灏也会去，你就不想亲眼见见他？"亲眼见见千方百计置自己于死地的人。

薛拾星果然动摇了："……他？"

"你说他要是看到你光鲜亮丽地站在他面前，他会怎么想？"

薛拾星犹豫了："我……"

聂西遥神色不变："实在不想去就算了，我不强人所难。"

薛拾星果然不淡定了："我去！"好吧，自己向来崇尚平和的小心脏被激得热血沸腾起来了。

等到达景盛大厦一楼会场时，时装表演已经结束了，现在已经是晚宴环节。随处可见各种衣冠楚楚的名流政客，还有好几个时下正当红的艺人也在场，对着闪个不停的相机"啪啪啪"地换着各种造型。

趁着邵一源去和人寒暄，宛朵朵羡慕地跟薛拾星咬耳朵："看来这个服装设计师孟千蓝名气很大呀，门口那个写着她名字的大 logo 亮得闪瞎眼不说，还能邀请到这么多国内当红明星……哎，你看那个穿深蓝色西装的帅哥，我最近就在追他主演的剧呢，演得可好了，看得我眼泪都停不下来！"

薛拾星对明星什么的不感冒，掏掏耳朵："得了吧，你看任何玛丽苏剧都会被感动得哭……话说……"薛拾星八卦心起，"你什么时候和邵一源关系这么好了？居然同意了他的邀请……你之前不是说讨厌他的吗？"

宛朵朵自动屏蔽了这个名字，继续远远盯着那个男明星花痴道："真不知道我们什么时候能像他们这么红……"

薛拾星看她装作没听见，偷偷挠她的胳肢窝："你说不说？你说不说？"

宛朵朵这种在外端庄、在家疯癫的女子果然憋不住了，一秒破功："好了好了，别闹了，别人看着呢！咱就不能在外斯文一点吗？我说还不行吗？"

薛拾星住手："你说。"

宛朵朵狡黠地笑，用眼神示意薛拾星的身后："你不是也同意了聂公子的邀请吗？是不是也有猫腻？"

薛拾星理直气壮："我们是正当又纯洁的合作关系，才不像你们！哎，你眼睛眨什么？抽风了吗？"

"正当又纯洁的合作关系？"

## Chapter.35

薛拾星汗毛竖起，讪笑着扭头："亲密无间的合作关系，亲密无间哈。"

聂西遥穿着一身精致的黑色西服，裁剪很独特，越发衬得他的身形高大挺拔，再加上相貌和浑身气质使然，他从人群中缓步走来，显眼得不得了。

他闻言表情缓和了些许："怎么来这么晚？"

薛拾星果断推卸责任："都是朵朵一直不停地换裙子，耽误了不少时间。"

宛朵朵不服气，揭发她："也不知道是谁，一直抱怨为什么没人来接……"薛拾星一把捂住她碎碎念的嘴巴，笑容窘迫："那什么……她胡说八道编派我呢。"

聂西遥眼里浮起一丝微不可察的不知名笑意："嗯，怪我不接你？"

"哪能啊！我就是随口一说，随口一说，你千万别在意！"薛拾星笑容越发僵硬了，暗自懊恼不该主动招惹宛朵朵。

她明知道聂西遥很忙，为了这次的亮相要做不少前期准备。

只不过是随口一句埋怨罢了，况且有闲得很的邵一源来接了两人。

正打闹着，耳旁传来一个熟悉的清甜女声："聂哥哥你什么时候来的，怎么都不跟我打声招呼？"

被众人簇拥的孟千蓝脸上带着得体的笑，全然不见之前那股盛气凌人的气势。她巧笑倩兮地对一旁的记者介绍道："你们还不认识他吧，他是聂楚丰叔叔的儿子聂西遥。对，就是前阵子新闻上提及的那个聂楚丰。"

虽然聂楚丰一直在长河市具有很大影响力，但他的儿子聂西遥从未在公众场合亮相过，再加上他早早出国留学，民众只知道聂西遥其人，对他一丝一毫也不了解。

接下来的话已经不用她多说。

在场的记者显然没有料到会在这里碰到这种重磅新闻，蜂拥而至，无数的长枪短炮纷纷对准了聂西遥。

"聂先生，您对您父亲涉嫌的古董盗窃一案怎么看？"

"聂先生，杀害您父亲的真凶已经落网，您对此有何看法？"

"聂先生，您是否在这段时间内一直和唐女士待在一起？您对她之前被认定为嫌疑人有何看法？"

"聂先生……"

"聂先生……"

人群中的聂西遥从容不迫，脸上带着浅笑一一作答，举手投足间气势很足，丝毫不怯场，俨然成为记者心目中的宠儿，原本的时装展和晚宴好像一下子被他夺走了全部风头。而一旁等候的孟千蓝却毫不在意，脸上甚至还带着痴迷自得的笑。

薛拾星看看聂西遥，再看看孟千蓝，忍不住暗暗心惊。

如果孟千蓝知道自己心心念念的聂西遥的杀父仇人就是自己的父亲，又会作何感想？还会这么心无芥蒂地帮助他吗？

采访很快结束了，记者们得到了不少讯息，四下散开准备第二天的头条新闻。在场的宾客们却窃窃私语神情古怪，没有一个人上前跟聂西遥打招呼。

宛朵朵被邵一源拖走，陪他去喝酒了。人生地不熟的，薛拾星只好一个人站在原地等聂西遥。

看到人群散开，孟千蓝率先走到聂西遥跟前，邀功道："聂哥哥那群记者是我特意……"

聂西遥脸色一下子冷下来，低声喝道："谁要你多事！"

孟千蓝一愣，又上前一步急急忙忙解释："你不是说要追查真凶吗？我是在帮你！"

"我什么时候说了？"

"我……我是看你现在过得不是很……我是在关心你！"

"所以自作主张？谢谢你。这是我自己的事情，不用你管。"

聂西遥拂开她的手，径直大步走到薛拾星面前，自顾自地拉住薛拾星的手腕，"我们走吧。"

他原本就想借助这个公众场合公开，没想到孟千蓝自作聪明率先召集了一群记者。他虽然不喜欢孟千蓝，却没有下作到要利用她来伤害孟灏。

孟千蓝还不死心，追上来："聂哥哥……"

聂西遥停了一下，问她："孟叔叔在哪里？"

孟千蓝自看到唐佳梅被父亲偷偷藏匿在别墅起，就有些心神不宁。虽然父亲对她说，他是在帮助聂家，帮助聂西遥。说唐姨正处在弑夫的风口浪尖上，任何风吹草动都可能伤害到唐姨，让她不要告诉聂西遥，不要增添聂西遥的心理负担。

她本就没主见藏不住事，此刻被聂西遥问起孟灏，不由得有些慌乱："我爸他……他应该在楼上休息室吧……你找他有事？"

### Chapter.36

聂西遥拥着薛拾星缓步走在衣着光鲜的人群里。

薛拾星没有听到他之前和孟千蓝的对话，忍不住低声说："其实你不用利用她也可以公开自己的身份。"

聂西遥脚步一停，直直望进薛拾星的眼睛里，声音不急不缓："你这么想我？"

薛拾星语塞："我没有指责你的意思，只是觉得她……"

"觉得她可怜？"聂西遥骤然冷笑一声，"你不是早就知道了吗？我是什么样的人，你不是早就知道了吗？我会为了实现目的不择手段，你不知道吗？"声音越压越低，他的唇几乎要贴到她的耳畔。

两人相拥低语的画面落入不远处的孟千蓝眼里，她不由得更加恼怒，只觉得自己是个跳梁小丑，辛辛苦苦准备这么多，一句好都落不到！

可那个女人呢？什么都不做却可以得到聂哥哥的青睐！

她叫住一个端着盘子的服务员小声叮嘱了几句，漂亮的眼睛里闪过一丝阴狠的暗光。

薛拾星耐心解释："你不要这么偏激，我知道你不是这样的人。"

聂西遥静了一瞬："那我是什么样的？"

薛拾星只觉得聂西遥半搭在自己腰上的手烫人得紧："你看，你舍身救过我这么多次，完全不顾自己的安危。你对我这么好，肯定不会是什么十恶不赦的人吧？嗯……我换个说法，如果你是不择手段利用别人的人，那邵一源肯定不会在你落难的时候，还这么帮助你对不对？所以，我的意思是，或许有更好的办法，既能不牵连到她也可以达成你的目的，对不对？"

长久安静之后，他才说："是吗？"

他根本没注意薛拾星后面那一大串说了些什么，他只注意到，她说的那句"你对我这么好"。

你对我这么好。

薛拾星也不再说话了，刚才说完这么一大堆内心独白，她也有些不好意思起来。

良久，聂西遥的手臂一寸寸收紧了些，她刚要开口让他轻一点，就听到他轻得不能再轻的话语。

恍然间，她几乎以为是自己幻听了。

"薛拾星，你真傻。"

我不能容忍你误会我利用别人，却不能否认自己曾利用你。

让你陷入这团黑暗的迷雾之中。

让你跟我一同跋山涉水经历险境。

我对你一点也不好，薛拾星。

一阵爽朗的笑声吸引了全部人的注意，孟灏在众人的注目下行至人群中央，简单地和大家寒暄了几句。

孟局长向来公务繁忙，不轻易露面，此番出现在女儿时装展后的晚宴上，理所当然受到了不少恭维。

孟千蓝也站在孟灏身后言笑晏晏，好像刚才的不愉快完全没有发生过。

寒暄完后，孟灏状似无意地看向聂西遥所在的方向，很快看到两人，他脸上浮起温和的笑意，朝这边走来。

不可否认，薛拾星有些紧张了，她看着离自己越来越近的中年男子，不由自主地偷偷咽口水，强笑道："这就是孟灏吧？"

"别紧张，"聂西遥看也不看她就轻易戳破她的伪装，"有我在。"

孟千蓝在看到薛拾星的那一刻，眼里闪过一丝怨毒，她向来是个火暴脾气，此刻却生生忍住了，甚至露出笑喊了句："聂哥哥。"

薛拾星有些蒙，只觉得孟千蓝变脸太快，明明刚才还在争执，现在又当什么都没发生过。

聂西遥周身的冷峻气场一下子全收住了，温温和和地喊道："孟叔叔。"

孟灏拍了拍聂西遥的肩膀，和蔼可亲道："怎么几天不见瘦了不少啊？西遥做什么去了？"

孟千蓝在一旁抱怨："聂哥哥前两天去云南玩了，都不带我一起！"

孟灏笑了："你这孩子，自己忙时装展的事情还忙不过来呢，还想着玩啊？"他淡淡地将目光移到薛拾星身上，"这位是？"

聂西遥笑意不减，手臂一收，十足的占有姿势："一个朋友，薛拾星。"

薛拾星因为聂西遥的介绍感觉有些怪异，但还是笑容乖巧道："孟叔叔，老早就听过您的名字了，那句俗语说得妙，百闻不如一见，您比我想象的要更加年轻有魅力。"

孟千蓝忍无可忍了，冷笑道："巧舌如簧。"

"千蓝！"孟灏喝住她。

声音虽严厉，他脸上的笑容却更浓了几分。他怎会不明白，两个人是特意来挑衅他的。

他眼里寒光一闪，聂西遥啊聂西遥，你果然还是太年轻了，耐不住性子，把机会送到我跟前来啊……

### Chapter.37

孟灏微一招手，喊来周围的侍从送上酒水，亲自递给聂西遥和薛拾星："来，陪孟叔叔喝一杯！"

薛拾星试图阻止聂西遥，却被聂西遥不着痕迹地摁住，他嘴角上扬："好久没跟孟叔叔喝酒了，一晃都多少年了。"

孟灏也不由得感叹："是啊，时光匆匆不饶人！"

聂西遥在孟灏的注视下将杯中的酒一饮而尽。

孟灏抚掌而笑："好酒量！"他扫一眼薛拾星，语调舒缓，"薛小姐不给孟某面子？"

聂西遥从薛拾星手中拿过酒杯，淡淡说道："她不会喝酒，我替她。"

薛拾星有些急了："我可以喝！"

聂西遥理也没理，又将手中的酒一饮而尽。

孟千蓝耐不住了，细长的眉毛一扬："我爸和她喝酒是给她面子，你为什么要替她？"

孟灏拦住她，笑道："哎，千蓝哪，不要这么小气嘛，西遥为人绅士，爸爸相信要喝酒的那人换作是你，西遥一定也会替你挡酒的，是不是啊西遥？"

聂西遥没回话，两杯烈酒下肚，他脸色越发白得厉害，身形也有些许不稳。

薛拾星担忧地扶住他："怎么样？你没事吧？要不要休息一下？"

聂西遥垂下眼睫，低低笑了笑，用手揽住薛拾星的脖颈，咳嗽两声后答道："好。"

薛拾星不知道孟灏葫芦里卖的什么药，问询地望了他一眼，孟灏挥挥手："去吧。"

待两人走远，孟千蓝才不甘心地跺脚："爸，我找你下来不是为了要灌他酒，再由着那个女人献殷勤的！"

孟灏笑容淡了："你少给我添乱！今天是你的场子，宾客这么多，各界人士都有，你还想闹成什么样？招来记者让别人喧宾夺主还不够吗？"

薛拾星找到一处空置的沙发，将聂西遥扶了过去。

好不容易扶他躺下，薛拾星已经累得气喘吁吁："不会喝酒就不要喝，谁要你逞强了？"

聂西遥将手背搭在眼睛上，唇线紧抿，看样子是睡着了。

薛拾星无奈地叹口气，又看他热得厉害，额头上冒出一颗颗汗珠，实在看不过眼，便趴到他旁边帮他解开几粒扣子，露出一截精致的锁骨，让他可以顺畅地呼吸。

她边解边埋怨他："你也真是的，明明在自己的敌人面前，还这么傻乎乎地喝酒，人家明显就是要灌醉你啊，说不定要对你干些什么不好的事……"

话语刚落，她的手就被聂西遥搭在眼睛上的手抓住，墨黑的眼眸也掀开一条缝，嗓音薄凉而清晰，一点也不像喝醉酒的样子："你说谁傻？嗯？"

薛拾星震惊了，嗫嚅半天才说："你、你、你没喝醉啊？"

聂西遥撑起身子坐起来，一边重新将解开的扣子扣上，一边自顾自地道："干些什么不好的事？"他随意扫视薛拾星两眼，她今晚穿了件稍显清凉的红色小裙子，俏皮又可爱。

薛拾星被这眼神看得越发不自在。

"你看什么看！"

聂西遥一顿，慢条斯理道："我看除了你，也没人会对我干什么不好的事情吧？"

薛拾星的脸一下子就烧红了，像只煮熟的大虾："我是怕你太热！"

"哦。"聂西遥点头，瞥一眼立在沙发旁呼哧呼哧吹着冷气的空调，"我还是头一回知道景盛大厦的空调这么不经用。"

薛拾星被哽得欲哭无泪，恨不得将自己的一番真心剖出来给聂西遥瞧瞧。

苍天啊！我真的是怕你热啊！

"好了，"聂西遥又重新躺倒在了沙发上，"我休息一会儿。"

他的嘴唇依旧泛白得厉害，就算没有喝得很醉，估计现在也难受得紧。

她皱了皱眉："你要不要去厕所催吐？"

理所当然地遭到了他的拒绝。

薛拾星讪讪："你确定不要？那我一个人去了。"

## Chapter.38

景盛大厦的精致高档，从厕所就能窥见一二。

不仅到处垂着轻薄的帘子，连马桶盖上都镶着金边。

薛拾星好不容易才从偌大的厕所转悠出来，却正好被一个满嘴酒气喝得醉醺醺的壮汉拦住。那人走路摇摇晃晃，看打扮不像是厅里的宾客。薛拾星不由得想起聂西遥喝醉的样子，斯斯文文的，酒品还蛮好。

她下意识地绕开那个壮汉，却又被拦住，反复几次，她终于明白，这个壮汉是来找碴儿的！

"大哥，这厕所貌似是公用的吧？我应该没占用你家厕所吧？"薛拾星一边开玩笑一边试图从宽敞的走道一溜烟穿梭过去。

但理想很丰满，现实要骨感很多。

她精心保养的头发被壮汉抓个正着，她吃痛，眼泪水都要流出来："疼疼疼！"

壮汉一口酒气全喷在她脸上了："小姐，跑什么呀？还打算在厕所走廊来个百米赛跑不成？"

"……还真别说，这宽敞的走廊，还挺适合百米赛跑的，啊啊啊，别扯了！疼！"

薛拾星正和壮汉牵扯不清之际，孟千蓝踩着高跟不紧不慢地走了过来，她故作惊讶地看一眼薛拾星，顺手抚了一把自己的秀发，颇有些幸灾乐祸："怎么了这是？这不是薛小姐吗？你怎么在这里——"她指了指厕所的标志，"和男人牵扯不清？不会是前男友吧？"

薛拾星气急，她怎么会不明白这个壮汉是孟千蓝指使的，孟千蓝此刻明显就是来看笑话的。再说了，人有三急，都这么久了，除了他们三个以外，怎么可能一个上厕所的人都没有？！

"什么鬼前男友！你说我怎么会在这里？"

孟千蓝冷笑："我怎么会知道你为什么在这里？"

薛拾星愤愤不平地答："为了上厕所啊！"

孟千蓝愣了下："你少废话，我可没兴趣看你们之间纠缠不清。"她一边往女厕所走一边状似无意地说，"景盛的厕所啊，没别的，就是隔音好。"

壮汉瞬间明白过来，狞笑着扯着薛拾星的头发往男厕所走，边走边说："小姑娘，咱们去试试看？"

周围再没有人出现，那壮汉的动作肆无忌惮极了，没几下，就把薛拾星拖到了一个隔间里面。门一锁，壮汉放松了警惕，一边笑嘻嘻地说着一边解衣服："小姐放心，我会很温柔的……啊！"

他猛地捂住眼睛，跌倒在地上大喊大叫："啊！什么东西？"

薛拾星将偷偷从包里摸出的防狼喷雾又收回去，手指紧张得有些发抖，口气却是十足的恶趣味："景盛的厕所啊，没别的，就是隔音好！"

薛拾星趁着壮汉抹眼泪之际，快速脱身从厕所跑了出来。她边整理裙子，边苦笑着摇摇脑袋，也不知道从什么时候起，自己已经开始习惯遭遇种种突发危险了，多亏了随身带防狼喷雾的习惯啊。

就这一转身的工夫，她忽视掉了从壮汉身下慢吞吞爬出的一只小小的毒蜘蛛。

是这只毒蜘蛛，让壮汉瞬间没有了反抗能力。

从厕所出来后，薛拾星隔老远就看到聂西遥依然躺在沙发上。这大概是第一次在她遇到危险时，聂西遥没有及时出现。她走近，试探性地推了推聂西遥，刚想把自己的遭遇告诉他，就看到他脸色从最开始的苍白变得不正常地泛红。

薛拾星吓了一跳，再也不顾上自己的事情："聂西遥？聂西遥你还好吧？怎么脸这么红？我们去看医生吧。"

聂西遥在薛拾星的搀扶下慢慢坐起来，他眉头一蹙，显然看出了她头发的凌乱。出于安全起见，他安排了毒蜘蛛跟着她，也不知道发挥了作用没有。

"怎么才回来？"

薛拾星随便抓了抓头发，暂时没了聊这回事的想法，随口敷衍一句："女孩子嘛上厕所总是比较拖拉的……你别睡了，快起来，你现在状态很糟糕，你知不知道？"

聂西遥扫一眼时间，声音有些沙哑："我没睡。"

薛拾星在遭遇壮汉时没有慌乱，现在却有些慌了："好了，不管睡没睡，现在别说话了！也不知道孟灏给你喝了些什么东西！我们现在就去医院！"

聂西遥镇定地按住她的手，看向大厅正中央的硕大时钟："等等。"

薛拾星疑惑地循着他的视线看过去，眼睁睁地看着时钟的分针指到了12的位置上，现在正好是晚上九点整。

聂西遥的手机适时振动了一下，是一条短信发到了他的手机上。

他笑了下，牵住薛拾星的手勉强站起来："我们走。"

## Chapter.39

刚走出几步，就听到惊慌失措的声音："不好了，着火了！"

浓烟冒起的方向赫然就是刚才薛拾星刚离开的厕所。

紧接着，孟千蓝跌跌撞撞地从厕所跑了出来，离得近的人赶紧扶住她，带着她往外走。她捂着嘴好一阵咳嗽，眼眶里溢出泪水，本就美艳的外貌透出几分楚楚可怜。不知道她说了些什么，手指直直指向薛拾星离开的方向。

一个女士惊恐地大喊："她是纵火犯！"

周围的人逃离现场之际，皆古怪地盯着薛拾星，还有好几个男士摩拳擦掌打算来抓薛拾星向孟千蓝邀功。

薛拾星瞬间明白过来，这是孟千蓝使的阴招！第一招没成功，她准备了第二招——纵火！嫁祸自己意图谋害她孟大设计师！

孟千蓝将自己陷于危险中，再亲口指证薛拾星，现下，任薛拾星有一百张嘴也解释不清了。

在薛拾星被这接二连三的事件冲击得脑子一片混乱时，只有聂西遥无比镇定。他看也不看厕所的方向，无视所有人的眼光，忍住心头的不适拉着她往外走。

大厅的水晶大吊灯闪了几下，灭掉了。

紧接着，整个楼层的灯接二连三地通通灭掉了，估计是大火烧断了电路。周围不仅能听到惊慌失措的叫喊声，还能闻到从厕所传来的烧焦的味道。

就着一点点火光，薛拾星望着聂西遥的侧脸，下意识地问："现在怎么办？"

聂西遥的眸子在黑暗中依然很亮，他嗓音很轻："别慌，跟着我。"

薛拾星微怔，用力地点了点头。

因为这短短的一句话，薛拾星心情莫名有些激荡。每次处于危险的境地里，她总能很快凭着聂西遥的三言两语镇定下来。

聂西遥于薛拾星而言，就是有这种力量啊。

好几个机灵的宾客，掏出手机打开手电筒，一瞬间整个大厅亮堂了不少。聂西遥却拉着薛拾星避开了亮光所在，在薛拾星疑惑的目光里，他朝她示意了下不远处四处张望的几个男士。

薛拾星明白过来，赶紧缩着脑袋避开手电筒的光芒。

那几个"热心肠"男士依然不放弃抓捕薛拾星，一个眼尖的瞄到了薛拾星的身影。

"纵火犯在那儿！"

薛拾星被吓得悚然一惊，看也不敢看那个方向，赶紧低下头，加快了脚步。只恨这栋大厦占地太广，这次时装展来的人数太多，人挤人，人踩人的，没头没脑地找了半天都没看到出口在哪里。

突然，她身子一跌，随着聂西遥进入一间完全黑暗的屋子里。

随着门掩上的那一刻，聂西遥终于承受不了胸腔里翻江倒海的难受，顺势坐在了地板上，冷汗冒出来，呼吸也变得粗重起来。

薛拾星在黑暗中摸索着他的脸："很难受吗？是不是更加严重了？"

聂西遥没说话，眉头紧皱，在黑暗中静静地聆听着薛拾星的呼吸声。

他的心，好像因为薛拾星的担心而稍微软了两分。

好一会儿，聂西遥才调整好呼吸："你去把窗帘拉开。"他在进入这个房间时，借助外面的手机灯光，看到了覆盖一整面墙的窗帘，有窗帘，十有八九就有窗户，有窗户，就意味着可以逃生。

他话刚刚说完，薛拾星的手指就触到了他的嘴唇，柔软而冰凉。

两个人都僵了僵。

但薛拾星很快反应过来，装作什么都没有发生，赶紧把手收回来。她摸索着走过去，在摸到轻薄的布料后，顺势一拉，铺天盖地的月光倾洒进来。举办时装展和晚宴的楼层是一楼，窗外就是一片草地，他们完全可以从这里翻出去离开现场。

薛拾星兴奋地回头，话还没出口，身后的聂西遥终于克制不住，低低咳嗽起来。


"聂西遥？！"

在月光的映照下，他好看的眉头紧紧皱在一起，看起来承受着不轻的痛苦，薛拾星忍不住埋怨："明知道孟灏不怀好意，你为什么要喝？还把我的也喝了……要是……要是我们各喝一杯的话，你说不定就不会这么难受了。"

咳了好一阵，聂西遥才倏然抬眸，他不可抑制地笑起来，边笑边咳，尤其在这种尚未脱离危险的状况下，莫名有些匪夷所思。

薛拾星呆住了，怔怔地看着他，他在大笑，真真切切的。

"你笑什么？魔障了？"

"你个笨蛋。"

薛拾星更迷茫了。

老半天他才顿住咳嗽，将口袋里电量不多的手机递给她看，短信是邵一源发来的，简短的九个字：

唐姨已救出，一切安好。

## Chapter.40

一跃翻出窗的前一刻，薛拾星不禁想，聂西遥设计这个局到底用了多久。

将他自己和她都光明正大地置身于孟灏的视线之下，置身于危险之下。让孟灏把注意力通通放在晚宴上，对聂西遥抱有警惕的同时，放松对唐佳梅那边的关注，给了中途离场的邵一源机会，救出唐佳梅。而宛朵朵也早已被邵一源安稳地送回家中，避开了这场交锋。

这是一场博弈，孟灏与聂西遥之间不见血的对决。

正是如此，聂西遥才会不管不顾地喝下孟灏递给他的烈酒，以此拖延时间吧。

而且他还趁这个机会公开了自己的身份。

一举多得，区区中毒好像算不得什么了。

只是，孟灏这么恨聂西遥，为什么不给聂西遥一杯致命的毒酒呢？难道是怕被揭发，所以小惩大诫？不太像他赶尽杀绝的风格……

停！打住！到底为什么要往坏的方面想？！

薛拾星晃晃脑袋，思绪飘移，又不禁想起刚才聂西遥那个微凉的拥抱。

虽然不过短短两秒，但她却能感受到他的体温，能感受到他的喜悦清清楚楚地呈现在她眼前。这种喜悦似乎也能赐予她力量，让她更坚定要陪在聂西遥身边，和他一起挖出孟灏隐藏的所有根茎。

是，她想陪他经历他所有的喜悦。

也许是这个瞬间想的内容太多，导致行动迟缓了，薛拾星的身手并没有她想象中的那么帅气，她的脚踢到了一个蹲在窗外的人。

他们同时"哎呀"了一声，薛拾星顾不上臀部火辣辣的，赶紧问："没踢伤你吧？我不是故意的……哎？"

这个男人眼熟得紧，她略一思索便恍然大悟，不就是她们刚刚入场时，宛朵朵指着的那个当红男明星吗？

当红男明星见薛拾星认出了他，不由得有些尴尬。他之所以蹲在这里是因为他的衣服在停电中，被趁乱摸上来的粉丝扯坏了，所以不好意思走出去。万一被路人认出来，就该上明天的娱乐新闻头条了。

聂西遥听见动静探出头，在看到当红男明星的那一瞬，眉头一皱。聂西遥并不认识什么演艺明星，只是单纯嫌弃他衣不蔽体罢了。

聂西遥脱下自己的西装外套扔给他。

当红男明星有些感动，在云端待久了冷不丁跌下来，没想到还能遭遇温暖，他感激地说："不如留个联系方式吧？我找机会亲自……"

"不用。"

聂西遥姿势利落地翻出来，示意薛拾星不要再耽误时间，快快离开才是正事。

当红男明星默默地穿上衣服，道了声谢后匆匆离去。


薛拾星扶住聂西遥："我们现在是去医院吗？还是先去看你妈妈？嗯，我们还是先去医院吧！"

就这样自顾自地得出了答案。

聂西遥看她一眼，眼里有些许笑意，他压抑地咳嗽一声："好。"

他们此刻所在的位置是景盛大厦的侧门处，刚一出来，还能看到不少急匆匆跑出晚宴大厅的宾客。消防车早早地停在了门口，好几个消防官兵捧着巨大的水管跑向室内。

等那几个死咬着薛拾星不放的"热心肠"男士也不甘愿地离开后，薛拾星才扶着聂西遥小心翼翼地走出来。聂西遥状态越来越不好，精神有些恍惚，但仍然强自忍住，尽量不把全身的重量都压到薛拾星身上。

　　薛拾星一边搀扶着他，一边奋力招手，来来往往的计程车很多，但纷纷停在了其余打扮精致的宾客面前。

　　薛拾星不禁开始审视自己和聂西遥。好吧，自己一身狼狈，漂亮的裙子已经皱皱巴巴，聂西遥脱掉了精致的西服外套，只穿着白色的衬衣，任别人瞪大眼睛拿着放大镜仔细瞧，也不会觉得这身打扮的他们是从刚才的晚宴中出来的。

　　薛拾星叹口气，认命地继续招手："聂西遥，你别睡啊……车子马上来了……车子……"

　　骤然出现的灯光让薛拾星不适地挡了挡眼睛，从指缝中可以隐约看到一辆黑色的轿车亮着远光灯，从不远处冲着两人疾驰而来！
　　越来越近！

# 第六章

— 危机四伏 —

## Chapter.41

薛拾星一个踉跄，一回头才看到不知从哪里冒出的一只小狗正叼着聂西遥的裤腿往后拉。薛拾星顺势退后几步，正好避开了来势汹汹的车，这车也不知道怎么回事，明知道人多还开这么快，害站在路旁的她和聂西遥差点被撞到……

心里正疑惑着，她的眼睛倏然睁大。

她眼睁睁地看着一个正在过马路的人被车撞得猛然腾起，又快速坠落。那车好像极有目的性，肆无忌惮地闯着红灯，加速向远方驶去。不过须臾，被撞的那人身下就流出汩汩鲜血，再无声息。

周围群众开始惊呼，赶紧拨打报警电话，原本在救火的消防官兵也跑过来几人帮忙。

望着这一幕，薛拾星浑身冒着寒气。不为别的，只因被撞的那人就是刚刚碰到的当红男明星。他的身上穿着属于聂西遥的、剪裁别致的黑色西装。

某间病房里。

聂西遥醒来的时候，只觉得自己嗓子因长时间缺水而生疼，还有就是，手臂麻得厉害。他稍微移了移眼珠，就意识到是有人把他的手臂当成了枕头。

薛拾星隐隐感觉到有人在敲自己的头，迷迷糊糊地睁开眼，就看到聂西遥正一眨不眨地盯着自己。她脸一红，下意识地擦了擦嘴角。聂西遥看到她这番举动，嘴角不禁微微弯了弯。

"你还打算睡多久？需要我把床让给你吗？嗯？"

薛拾星尴尬地移开眼："不用不用，我已经睡够了。"她余光注意到聂西遥活动手臂的动作，只恨不得立即找条地缝钻进去，赶紧转移话题道，"医生说你不是中毒，只是服食了一种药剂。现在已经没有什么大碍了，又可以活蹦乱跳去找孟灏寻仇了。"

聂西遥看她嘴里又开始没个把门的，顿了顿才说："我知道，他还没胆子大到当众毒害我。"

薛拾星回想起昨晚的车祸，冒出些失落和歉疚："但他有胆子撞人。"那个当红男明星的死很是轰动，大量粉丝守在事发地点要求彻查事情真相，严惩肇事者。

估计孟灏也没料到会是这样的局面。


沉默。

"嗯，我看到了。"聂西遥语气淡下来。那时候他尚有意识，还没有完全陷入昏迷。他的耳朵里充斥着不少惊呼声，吵得厉害。他微微掀开眼睛一眼就看到了远处血泊里那件熟悉的衣服。

差一点，躺在那里的人就是他，以他那时候的状态根本不可能逃开。

不知道该庆幸还是该叹息。

薛拾星猛地抬头，眼睛里有太多坚定："我们必须一一跟孟灏算清所有的账！连同那个男明星的仇一起报！"


门外吵吵闹闹，好像是有人在跟护士说话。

没多久，病房门被骤然打开，邵一源挑眉站在门口似笑非笑："快看谁来了？"

聂西遥身体不自觉有些紧绷。

一个貌美的中年女人走进来，她在看到聂西遥的那一刻，眼里迸发出巨大的惊喜，喜极而泣道："小遥！"

聂西遥也有些激动，笑容里蕴含着少见的温柔："妈。"

在大家的共同安抚下，唐佳梅的情绪才渐渐稳定下来，她忍不住开始埋怨起聂西遥来："你这孩子！不好好在国外念书，跑回来做什么？你爸他……你爸他……唉，妈可就指望你了。"她叹口气，眼泪又忍不住冒出来。

唐佳梅从邵一源口中才得知聂楚丰早已身故的消息，自云南事发那晚起，她便被孟灏禁锢在身边，对外面的新闻一概不知。孟灏也缄口不言，她自然也不知道自己曾被孟灏设计为杀害聂楚丰的嫌犯。

但现在这些已经不重要了，经过在云南的一番动作，唐佳梅的嫌疑已经洗清。

念叨了好一阵，唐佳梅把谈话的重心移到了在场的另一个女性——薛拾星的身上。

"小遥，这位漂亮的小姐，你怎么都没跟我介绍介绍？"唐佳梅眼神很温和，不知道比一天到晚只知道冷着张脸的聂西遥温和多少倍。薛拾星自见到她的第一眼起就不由得被她温柔的气质吸引，也难怪孟灏这么多年还对她念念不忘。

当然了，这并不能成为孟灏私下禁锢唐佳梅的理由。

聂西遥还没开口，薛拾星就乖巧地自我介绍道："唐阿姨您好，我是聂西遥的朋友薛拾星，您叫我拾星或者小星都可以。"

唐佳梅笑了笑："拾星哪，真是个可爱的名字。"

聂西遥低笑："名字比人要可爱得多。"

薛拾星瞪他："不要在唐阿姨面前抹黑我！"

邵一源啧啧两声："就你？不抹也是黑的吧！"

几个人笑起来。

薛拾星偷偷看一眼聂西遥，连日来的辛苦与狼狈，好像就是为了这一刻，聂西遥紧绷的神经终于可以放松一点了。

真好。

## Chapter.42

景盛大厦一楼的大火还是不了了之了，孟灏知道是自己的女儿在胡闹，她行事冲动，肆意妄为惯了，肯定会露出不少马脚。

为了避免查到自己头上来，孟灏做了好一番善后工作，自然也无暇去管本就无辜的"纵火犯"薛拾星。

他精心安排的车祸也不知道哪里出了娄子，居然撞死个明星。他为了这桩事忙得焦头烂额，这还不算。最让他恐慌的是，唐佳梅已经与聂西遥重逢。

几次击杀不成，他已由主动化为被动。在不知道聂西遥下一步动作的前提下，只能选择按兵不动，静观其变。

随着时间慢慢推移，薛拾星和宛朵朵的直播事业越来越火爆，观看直播的人数一次又一次刷新纪录。长河市本地电视台在听说两人同为室友后，甚至找到她们，邀请她们一同参加某档时下火爆的访谈类节目。

这种好运气，着实让两人受宠若惊。

按宛朵朵的话来说就是："拾星拾星，看来我们要大红大紫了！说不定再过几年我就能买房买车走上人生巅峰迎娶高富帅了！仔细想一想还有点小激动呢！你说要是参加完节目，走在街上有人找我签名怎么办？我是该高冷拒绝或委婉拒绝，还是毫不留情地拒绝呢？"

薛拾星回应："你该义正词严地拒绝。"

"说得在理。"

看宛朵朵这么兴致勃勃，一向秉承做人做事要低调的薛拾星也答应了邀约。


长河市电视台规模很大。

薛拾星、宛朵朵两人在工作人员的指引下来到化妆间准备化妆和签订合同，谁知刚走到门口就听到一阵尖锐的斥责声。

"你怎么回事？不知道这件衣服花费了我很大心血吗……赔？就你？把你卖了都赔不起！这件衣服可是我时装展上的主打作品！你知道耗费了我多少心血吗？你知道它多受追捧吗？我不管，你想办法把它弄干净，不然就等着被辞退外加法院传票吧你！"

"对不起，对不起，千蓝姐，我马上去洗！"一个胆怯的女声唯唯诺诺道。

另一个陌生的女声冷哼："千蓝姐也是你叫的？就算是你们台长也得恭恭敬敬喊一声孟大设计师吧？"

"对不起，孟大设计师。"胆怯的女声抽泣起来。

虽说孟千蓝脾气不好，但她设计的衣服却是实打实的惊艳。不说整个市，就算是在全省，她也是数一数二的优秀设计师，再傲也是有资本的。被责骂的女生不敢多言，默默抱着精致的裙子，眼睛通红地推开门走出来，和门口的薛拾星、宛朵朵撞个正着。

薛拾星听出孟千蓝的声音，因为之前的种种过节，她没了进去的心思，拉着宛朵朵道："不如我们晚点再进去？"

宛朵朵也对孟千蓝没什么好感："好吧。"

两人刚打算离开，孟千蓝就施施然走了出来，看到薛拾星的那一刻，她表情惊愕，神色变了又变，最终露出一个讥诮的表情："哟，我还以为是谁偷偷摸摸躲在门口呢？这不是纵火犯嘛，来电视台见明星？"

宛朵朵见她欺负自家拾星，来了脾气："哎，你这个人怎么回事？会不会说话？说谁纵火犯呢？"

薛拾星跟聂西遥待久了，语气也冷起来："真正的纵火犯是谁你心里清楚，真要指证我是纵火犯，那就大胆指证啊！"

孟千蓝被两人轮番反驳，气血上涌："我懒得跟你废话！"

她招呼一个工作人员过来，"把这两个不知从哪里冒出来的无赖赶出去，别在这里碍我的眼！"

工作人员有些为难："千蓝姐你看……这两位是我们节目的嘉宾……"

孟千蓝惊讶得眉毛扬起，语气越发尖酸："她们？嘉宾？你们节目到底有没有眼光？居然邀请我来替这样的嘉宾搭配服装。"她越想越好笑，"她们也配？你去找你们台长也好导演也好，有她们没我，有我没她们！"

工作人员更为难了，只好说："那我去问一问领导。"

薛拾星拦住那个工作人员，冲孟千蓝道："不用了，和你这种人合作我们不稀罕。"她又转向那个工作人员，语气温和了一点，"不好意思，耽误你们时间了。"

宛朵朵同仇敌忾，将自己之前的美好期望抛到了九霄云外："谁稀罕穿你的丑衣服！"

待她们离开后，孟千蓝不耐烦地对那个工作人员说："好了，既然她们识相，你就不用去问了。"

她刚转身打算进去，又想起了什么，问道："哎，对了，她们是什么身份？你们节目怎么会想到邀请她们？"

## Chapter.43

经过那次不愉快的录节目经历后，宛朵朵算是彻底死心了。

"与其要受她的气，我还不如老老实实在直播界闯！老天爷总会赏识我的！"宛朵朵斗志昂扬道。

薛拾星笑："那当然咯，你可是我们直播界的大大大红人！"

宛朵朵撇嘴："那是当然咯！你说咱们直播平台，有谁能比我唱歌更好听？"

"没有没有，你是独一无二的！"

"那是！上次邵一源也夸我……啊，那什么，不早了，我先去睡了哈。"

"邵一源？他说你什么了？"

"啊，哈哈哈，没什么没什么……"

"朵朵，你居然有秘密了！"

……

这天，薛拾星好不容易过一个轻松的周末，打算将一上午的时间耗费在床上，却被一阵鸟鸣声吵醒。

拉布拉多听见动静，欢快地摇着尾巴进屋，和窗外的鸟鸣一唱一和，好不欢乐。

薛拾星睡眼惺忪，眼帘里映出一只雪白的鸽子。

最近几个月，它日日都来报到，莫名让薛拾星生出些被人监视的错觉。

薛拾星穿上拖鞋，走到窗前放它进来，将早早准备好的鸟食倒进盆子里。可它并没有吃，而是扑腾两下翅膀又飞了出去。

薛拾星疑惑，目光追随着它，眼睁睁地看着它停到了楼下一个挺拔如松的身影的肩头上。那人双手插兜，靠在一辆全新的黑色跑车前，与白色的衬衣形成鲜明的对比，整个人美好得不像话。

是聂西遥。

他遥遥注视着她的方向，目光意味不明。

薛拾星低头一看才意识到自己刚刚从床上爬起来，穿着睡衣，没有洗脸、刷牙、梳头发，简直丑到爆炸。

她赶紧窘迫地拉上窗帘。

聂西遥淡淡地收回目光，唇线微扬。

不比之前独自一人，现在唐佳梅被安全救回来了，他必须更多地为她考虑。而救出唐佳梅意味着和孟灏彻底撕破脸，表面的和平已经维持不下去了。

自祝剑被抓的新闻公布于众后，唐佳梅的杀人嫌疑被洗清，聂楚丰偷盗古董一案更是陷入了迷雾之中。既然聂楚丰没有参与云南盗墓，家中又怎会无缘无故冒出许多国宝级古董呢？

趁此机会，一直住在聂家的唐叔终于顺势透露了聂西遥交代他告诉警察的实情——他在警察搜寻家中的前一天晚上睡得很沉，毫无所觉，之后去医院检查被医生告知曾吸入微量迷药。

聂家当晚疑似有人潜入。

案件的走向开始朝着另一个方向发展，警方很快就会顺藤摸瓜查到孟灏头上，从而证实是他陷害聂家，他看似逃无可逃。

但还差一点，孟灏完全可以声称古董是他买来的。所以，要想让孟灏逃无可逃，必须得知他古董的交易方式。

楼上窗户又传来声音，聂西遥讶异地抬头，只见薛拾星露出半颗脑袋，急急忙忙地冲他喊："我马上就下来！"

好像是怕他等急了一样。

聂西遥眸子微微眯起，唇畔浮现一丝浅笑。

薛拾星准备下楼的速度果然很快，临出门前宛朵朵正躺在沙发上打电话，她看到薛拾星急急忙忙的动作，搁下电话好奇地问："什么事这么开心？拿快递啊？顺便帮我拿一下啊，谢谢！应该是被快递员放在门卫室那里了。"

薛拾星有些支支吾吾："我才不是拿快递，记得帮我照看好瑶瑶和小叮当啊。"

宛朵朵奇了，平日里除了上课和遛狗外，就死宅在家的薛拾星出门居然不是为了拿快递？！

她狐疑地打量薛拾星，眼神犀利得仿佛要把薛拾星看透："那你这大周末的背着我做什么……哦，我明白了！是不是聂西遥良心发现了，来找你了！"她一副"好了好了，你不要解释了，我都明白"的狡黠笑容，"我就知道你们之间关系不简单，还打算遮遮掩掩到什么时候？快去吧，快去吧，尽情地丢下我去约会吧。"

薛拾星干脆大胆承认："是倒是聂西遥，只是我们……我们是合作关系啊，亲密的合作伙伴！"

宛朵朵撇嘴："什么嘛，自欺欺人！我才不信你和聂西遥不是互相喜欢！"

薛拾星一怔，又退回几步，语气又惊又喜："你也觉得他喜欢我是不是？"

宛朵朵笑得乐不可支："哈哈哈哈哈，我就知道你喜欢他！"

……

待薛拾星吵吵闹闹着离开后不久，一个面生的男子走上楼梯，眼神警惕地四处打量一番，确定周围无人后，礼貌地敲了敲门。

"小姐你好，送快递。"

## Chapter.44

一上车，薛拾星就好奇地四处打量，副驾驶干干净净连个鞋印都没有，难不成自己是第一个坐上他新车的人？

她对一旁上车的聂西遥说："几天不见，你这是摇身一变成高富帅了吗？还真别说，你品位比邵一源要好多了啊，他那辆……"

聂西遥侧目看她一眼，嗓音寡淡："几天？"

"什么几天？"薛拾星还在喜滋滋地对着后视镜照镜子，越看越觉得不愧是自己喜欢的人买的车，后视镜照起来都比寻常镜子要好看很多。

"有几天没见我了？"他顿了两秒才重复。

薛拾星愣了下，脸一下子烧红起来，无端有种被看破心思的窘迫感，状似无意地偷偷瞄他一眼。聂西遥表情淡漠，目光直视着前方，和平时一模一样，十足的大冰块。

"十五天。"她闷声说。

自那天在病房一别后，我有十五个白天、十六个晚上没有见过你。

聂西遥眉眼缓和了一些，薛拾星依稀间仿佛看到他唇角向上微微翘了下。

完了完了，薛拾星暗自想，自己真是中毒了，忍不住因为这点弧度开始浮想联翩，居然觉得他下一句就要说："这几天想我了没有？"她自我脑补着宛朵朵给她灌输的玛丽苏电视剧的情节，脸越发红得厉害，又或者他会说"我很想你"？

在薛拾星期待又忐忑的小心思里，聂西遥沉默了片刻后果然开口了。

"你都不问要去哪里吗？"

"……"

正常得不能再正常的语气让薛拾星心里腾起的希望的小火苗一下子被浇灭了。

见她没回话，聂西遥偏头看了她一眼，眼神含着问询。

薛拾星撇嘴，小声嘟囔："还不是因为信任你嘛……所以我们要去哪里？"

聂西遥闻言眼里透出些笑意，但笑意转瞬即逝。他看了眼时间，语气带了几分冷凝。

"拍卖会，孟灏为处理古董非法举办的拍卖会。"

可现在离拍卖会开始的时间还早得很，当聂西遥把车停在某大型商场门口时，薛拾星才明白过来，两人在去之前要乔装打扮一番。

不比上次的时装展，参加的都是些正派的、活在镁光灯下的人物，参加今晚拍卖会的是一些混迹于灰色地带的富豪大佬。

虽然去拍卖会是别有目的，但薛拾星好歹是个正常的女孩子，虽然宅了点，但对漂亮的衣服历来没什么抵抗力，便兴冲冲地试了好几身，可聂西遥却一直不满意。

试到最后，薛拾星也有些脾气了，暗搓搓地吐槽："到底是你穿还是我穿，你怎么意见这么多？这件鱼尾裙很美呀，哪里有问题？你哪里不满意？我真要怀疑你的审美了……"

一旁的服务员也劝道："这件礼服是我们店里的限量款，而且高贵优雅的紫色也很衬这位小姐的肤色……"

坐在一旁沙发上的聂西遥搁下水杯，抬眸看薛拾星一眼，起身，在她越来越深的疑惑眼神中走到她身后，一手扶住她的肩膀一手半搭在她的腰上，站到试衣镜前。

"哪里有问题？"他蹙眉看着镜子里靠得很近的两人。

他刚刚换上一身暗沉的黑色衬衣，长身玉立地站在一身盛装的她身旁，就像……就像一对即将新婚的恋人。

薛拾星不淡定了，脸一红，火气也瞬间消失得无影无踪："对啊……明明很好看，你到底哪里不满意？"

聂西遥手指微微收紧，墨黑的眸子直直望着镜子里薛拾星的眼睛，声音压低："后背不满意。"

薛拾星："……"

她身上的鱼尾裙无比修身，很好地勾勒出她纤细的腰身，最重要的是，这是一件露背装，她后背一片白皙的肌肤全都裸露在外。

她想穿这件的一点点私心其实就是为了让聂西遥看到自己最美的一面啊，上次的时装展晚宴情况紧急，没美多久就又浑身狼狈，仔细想一想真的太委屈了！

没过几秒，聂西遥松开手，在一旁的衣架上给她挑了件红色的短款小礼服，淡淡看她一眼："你穿红色好看。"

一旁的服务员忙不迭也跟着说："对对对，还是这位先生有眼光，红色比紫色更衬小姐的肤色。"服务员忍不住内心窃喜，这件红色礼服比紫色礼服要贵多了……

薛拾星默默接过："又是红色啊……明明上次也是穿的红色啊。"而且这条裙子的后背遮得严严实实的。

聂西遥又坐回沙发上，修长的手指搭在沙发靠背上，凝望着她的神情若有所思，语气平静得像说一件很平常的事情。

"没看够。"

薛拾星："……"

她的脸唰地全红了，抱着礼服飞快地闪进了试衣间。

## Chapter.45

拍卖会在一栋私人会所里举办，位置偏僻。两人驾车到达目的地后，天色已经暗下来。

两人在侍从的指引下踏入会所大门，薛拾星自诩也是跟着聂西遥见过大风大浪的人了，此刻见到门口两排身着黑西装、面无表情的保镖，心里也不由得有些打鼓。

聂西遥看也没看那些人，恍如闲庭漫步，只低低叮嘱薛拾星一句："跟紧我。"

"可是这里守卫这么严，咱们到底怎么进去？"薛拾星小声问。

聂西遥没再说话，下车前戴上的半截面具下的薄唇紧抿。

所有参加这场拍卖会的人的身份都是隐秘的，为了安全起见不得公开，他们都是私下里受举办人也就是孟灏的邀请而来。

时间拖得越久，孟灏被曝光的可能性越来越大，现在聂西遥的引而不发让孟灏更加心急如焚。孟灏现在急着处理手头上最后一批古董，这是孟灏在警察查到他头上来之前的最后的机会，也是聂西遥一举击溃他的机会。

引而不发只是不想将唐佳梅牵涉其中，他要连根抓出孟灏涉嫌盗墓、窃取古董再转手卖出的一系列非法活动真相。


走至门口，立在门口的侍从笑容可掬地冲两人鞠躬："先生小姐好，烦请出示一下请帖。"

薛拾星紧张得心都提了起来，不会刚来就被赶出去吧。

聂西遥看那侍从一眼，嘴角勾出一抹笑，不知道从哪里掏出一张精致的请帖，缓缓开口，声音不似往常，而是带着些喑哑与邪气："麻烦了。"

侍从接过请帖，请帖上邀请的人是个靠中年富婆上位的小白脸，平日里行事放浪形骸。但很显然，他身旁的这个戴着面具的女子并不是那名富婆，而且他身边也没带其他保镖。侍从谨慎了起来："Z 先生，这位是……"

聂西遥理所当然地搂住薛拾星的腰，手指上下游走，笑容邪肆危险："作为 M 先生的人，这点眼色都没有？ M 先生还想不想和我们合作了，嗯？"

虽然明知道是逢场作戏，薛拾星还是忍不住因他的一举一动脸红心跳。聂西遥啊聂西遥，你到底有多少面？哪一面才是真实的你？

侍从被这番看似温和的质问吓得冒出冷汗来。这位 Z 先生在圈内是个出了名的暴躁性子，除了包养他的富婆外，对其他人都没有好脸色。他背着那位富婆找情妇什么的并不关自己的事，要是一个不慎惹得他不爽，再招来警察就不好了。想到这里，侍从赶紧弓身道歉，将号码牌别在他的衣领："抱歉抱歉，我只是随口一问，Z 先生和小姐请进！"

直到步入会所，薛拾星提着的一颗心才松下来些许："你哪里弄来的请帖？Z 先生？又或者说，N 先生？"

聂西遥垂眼看她，嗓音是一贯的淡薄："X 小姐？"

"嗯？怎样？"

"保持安静。"

"……"

会所某个装潢精致的房间内。

孟灏对着桌前大腹便便、头发微白的中年男人不住举杯："邵市长这么支持孟某，还亲自赶到会所来，孟某真是三生有幸啊！"

邵市长搁下高脚杯，无可奈何地叹口气："是犬子一源不懂事，冒冒失失多有得罪，还望孟局长多多海涵才是。"

孟灏目光如炬，笑容越发和善："邵市长这是说的什么话，一源还小嘛，难免和一些不三不四的人混在一起，即使现在做了些错事……总之以后慢慢就会懂事的。"

邵市长的心脏被"错事"这两个字激得一紧，狠狠扫一眼身后静默不语的邵一源："邵一源，你还不过来给孟叔叔道个歉？！你说你这是干的什么事，居然私闯孟局长家宅？还好孟局长不多计较！不然你就要被关入警察局了，你知道不知道？你这孩子！"

邵一源冷哼，不甘心地说："他倒是敢报警，警察抓谁还不一定呢！"

眼看孟灏脸色一变，邵市长急了，不管不顾地拿起高脚杯，对着邵一源的脸泼过去："不孝子！你这个不孝子是要活生生气死我吗！你……"他呼吸加速，不停咳嗽，显然是又犯病了。

邵一源慌了，也顾不上擦把脸，漂亮的眸子里又急又悔，赶紧扶住邵市长："爸，我道歉！我道歉还不行吗？我错了！"

孟灏故作关切道："快来人，把医生喊过来！"

……

窗外几只目睹了整个事件的麻雀你看看我，我看看你，终于选出最娇小玲珑的一只，扑腾翅膀飞走了。

### Chapter.46

穿过长廊，即是一片开阔的露天泳池，与其他泳池不同，这里养着许多游来游去的小鱼，薛拾星想凑上去看，却被聂西遥一把拉住。

"这是食人鱼。"

薛拾星赶紧后退几步："食人鱼？这孟灏还真是奢侈又恶趣味，将拍卖会办在这种偏僻的地方就算了，还养食人鱼？"她不由得脑洞大开，"不会是拍到了古董，又付不起成交价的人，就会被孟灏丢下去喂鱼吧？"

他顿了顿："或许是。"

聂西遥神色不变，蹲下来用手指触了触水面，一大片食人鱼瞬间聚拢过来，张牙舞爪地在他指尖周围游动。

薛拾星被他的举动吓得头皮发麻，赶紧去拉他："你疯了吗？"

聂西遥只是想与食人鱼交流罢了，没料到薛拾星会这么大反应，看她脸都吓白了，他微微一怔："我不会有事。"

不知道触到了薛拾星哪根神经，她忍不住责怪起来："怎么不会有事？这是食人鱼又不是什么观赏类金鱼！这孟灏脑子不正常就算了，你也脑子不正常了吗？要是被咬到怎么办？你什么时候能不要这么自作主张？"

聂西遥起身，揉了揉她的刘海，望着她气呼呼的样子，嘴角一弯："我知道了。"

"你知道了？你知道什么了？"

聂西遥淡淡睨她一眼，眸子越发漆黑："我知道有人担心我。"

薛拾星一愣，下意识想反驳，却不知道说什么好，自己可不就是在担心他吗？

"放心，我不会再让你担心。"

"我……我只是担心你万一被鱼吃了，就剩我一个人了，万一我被孟灏发现怎么办？是你带我进来的……我、我的意思是我可不想一个人出去，说不定那个侍从又会拦住我呢？"

聂西遥嘴角微微勾起："嘴硬。"

"谁嘴硬？你说谁嘴硬？"

……

邵市长带着邵一源离开了房间，孟灏脸上的笑容霎时间收起来。

邵一源趁自己不注意带走唐佳梅这事不会就这么轻易算了，老邵以为自己亲自来道歉，事情就能了结吗？倒是越活越天真了。

他冷笑一声，随手拉开窗帘，随意往窗外一扫，问一旁年轻的会所主事："人都到齐了吗？"

主事毕恭毕敬："加上最后迟到的Z先生，现在人都到齐了。"

孟灏眼睛一眯，紧紧盯住楼下泳池边那两人，寒声道："他们是谁？"

主事也循着目光看下去，楼层较高再加上戴了面具看不清脸，但主事很快注意到他衣服上别着的醒目号码牌，回复道："那是 Z 先生。"

"Z 先生？"

"是。"

"据我所知……Z 先生不会水吧？"


泳池边。

楼上突然亮起的一点灯光让聂西遥心底警铃响起，再加上刚才小鸟在耳旁叽叽喳喳透露的消息，让他越发警惕。

"好了，时间不早了，我们……"他的手指在即将碰到薛拾星的指尖时，变故骤然发生，薛拾星脚下的大理石往下一陷，她的身体来不及反应，朝着泳池倒去！

聂西遥的声音骤然紧绷，眼里闪过巨大的慌乱。

"拾星！"

聂西遥下意识地扑过来抱住她。两人身子一同倾斜，随着一声巨大的水花声，两人一同落入泳池中。

温暖的水渐渐盖过头顶，隐约间她的余光看到不远处一大群食人鱼迅猛地扑了上来。

两人同时落入水中的那一刻，薛拾星脑子里闪过多个念头：

万一自己被食人鱼吃掉了，家人该怎么办？宛朵朵又该怎么办，她性子单纯指不定就被人骗，也不知道邵一源对她到底是怎么样的感情，到底靠不靠谱……

想到最后，她不由得睁大眼睛看着近在咫尺的聂西遥。面具下，他也目光沉沉地注视着她，眼眸里好似含着很多情绪。

聂西遥，你疯了吗？

你是不是傻？为什么跟我一起落水？说不定你……你可以在水池边找人来帮忙捞我呢？

为什么要跟我一起摔进来？

你留在岸上的话，我们也不至于两个人一起死啊？

你是不是，也喜欢我呢？

……

看了好一会儿，孟灏重新将窗帘拉上，疲倦地捏了捏太阳穴，叮嘱一旁的主事："好了，没事了，应该是我看错了，我还以为是聂……算了，快去把他们两个捞上来吧，别真给咬死了，多给点钱，让他闭上嘴。"

## Chapter.47

"咕噜咕噜！"

这个泳池非常深，薛拾星并不会水，再加上对食人鱼的恐惧，压迫感扑面而来，她下意识地闭上眼睛紧紧抱住聂西遥，只觉得自己即将死去，即将和聂西遥一同死去。所以并没有注意到聂西遥嘴唇一张一合好像在说些什么。

直到她感觉到一个柔软的东西贴上她的脸颊。

她惊诧地睁开眼时，正好感觉到他的唇从她的鼻尖擦过，他好像轻柔地吻了她一下，然后缓缓松开了她，身体渐渐远去。隔着一层层水波，隔着坚硬的面具，他的面容模糊不清，他仿佛带着笑，轻轻说了一句话——

薛拾星，不要死。

不可思议的一幕发生了，无数的食人鱼自发地游到薛拾星的身下，将她缓缓托起，在她即将窒息的那一刻，将她托出水面，让她呼吸到了新鲜空气。

"咳咳……"薛拾星紧紧抓住泳池边大口大口呼吸，她脑子一片混乱，根本来不及思考为什么食人鱼会做出这么反常的举动。只感觉到食人鱼很快从她身边离去，冲着聂西遥而去。

紧接着，薛拾星的手臂被人抓住，薛拾星被匆匆赶到的保镖拉出水池。

薛拾星顾不上自己有多狼狈，匆匆扭头，聂西遥的身影并没有如预想般浮出水面，水面上隐隐还冒出红色的血丝。她心底的慌乱越发扩大，身体不受控制又伏到泳池边张望，被身旁的保镖紧紧按住："小姐，别冲动！"

"他！他……他还在水里！"

刚刚下楼的主事赶紧安抚她："小姐放心，我们的人会救出 Z 先生。"

话语刚落，几个身材健壮的保镖跃入水中，没一会儿就将已经陷入昏迷的聂西遥捞了出来。聂西遥黑色的衬衣破损多处，鲜红的血液将池水染红一大片，看起来伤得不轻。

薛拾星的眼泪不受控地一下子流出米。

聂西遥被扶到地面的那一刻，全身湿透，鲜红的血液渗出来，面具下的双眸紧合，薄唇紧抿。在保镖们控出他体内积水后，薛拾星再也顾不了那么多，趴到他身旁，深吸口气，捏住他的鼻子，抬起他的下颌，颤抖着给他渡了一大口气。

聂西遥，你不要死。

你要是死了，我该怎么办？

我该怎么办？

只吹了几口气，她的脑袋就被一只手按住，原本单纯的人工呼吸被反客为主。

薛拾星骤然睁大眼睛，脑子里一片空白，与聂西遥缓缓睁开的眼对上。

他的眼底有极深的笑意。

不知过了多久聂西遥才松开她，咳嗽两声坐起来，在她猝不及防之际将她扣到怀里，声音喑哑暧昧："这么担心我？嗯？"

薛拾星声音发抖带着些哭腔，却不再否认："是，我担心死了，你明明刚刚才说过不会让我担心……你言而无信！"

聂西遥一怔，更紧地搂住她，低声安慰："是我不对。"

"你是不是傻？不会游泳就不要跟我一起落水啊！"

聂西遥眼神湿漉漉的，唇畔边带着很浅的笑："对，我是傻。"

他顿了顿，抬眼看向主事，脸色阴沉："这是怎么回事？"他其实自落水的那一刻起就明白过来，他聂西遥会水，可 Z 先生是不会水的，孟灏这是想试探他。

那就如孟灏所愿好了。


看到聂西遥没事了，主事松了口气，要是闹出人命来就麻烦了。他不慌不乱地解释道："先前这是个游泳池，后来才被改装成养鱼池……可能是之前设置的下水装置出了故障……"

看聂西遥的脸色越发难看，主事赶紧补充："M 先生交代了，这次的事件是意外，我们一定会好好赔偿您和……这位小姐的，请放心。"

"赔偿？我都伤成这样了，怎么赔偿？"他一顿，不容置喙地伸出一根手指，"这样吧，我要这个数，钱到手，我就当什么都没发生过。"

主事暗自咬牙骂他无耻，却也只能赔着笑脸："是是是，就按您说的办！"

**Chapter.48**

由于突发事件，聂西遥与薛拾星无缘参加接下来的拍卖会，但好在他们来此的目的本就不是拍卖会，而是搜集孟灏非法倒卖古董的线索。

也不知道聂西遥究竟是如何打算的，到现在为止，他什么也没做。

此刻，他们在主事的安排下暂时在楼上的房间内休息换衣服，还有聂西遥身上的伤口也需要处理。

薛拾星洗过澡洗过头，头发吹干后，躺在床上裹着被子翻来翻去，只觉得自己和聂西遥真是命途多舛。

她回想起刚才水中的那一幕，又回想起前几次的经历，冒出一个大胆且不切实际的念头来……这个念头让她莫名心慌意乱。

她仍旧沉浸在自己的思绪里，并没有发现聂西遥已经挂掉电话从浴室走了出来，没有戴面具，且换上了新的衬衣。很奇怪，他明明被那么多食人鱼包裹，也明明流了很多血，可脱下衣服检查时，伤口却并不多，仅为皮肉伤。为他检查的医生连连惊呼他命好，救得及时。

聂西遥顺势坐在了床边，墨黑如潭的眸子一眨不眨地盯着床上的薛拾星。

直看得薛拾星心跳加速，更加慌乱："你……你看我做什么？哎哟！我被被子缠住了，快快快帮我解开！"

薛拾星哭丧着脸，之前滚来滚去，现在整个人被被子彻底包裹住，只剩一个脑袋露在外面，明明待在空调房里，额上却冒出了点点汗珠。

聂西遥哭笑不得，长臂一伸将她扶起来："怎么这么笨？"

气氛安静，薛拾星看着他垂下眼睫，安静地转开被子的样子，呼吸不自觉一乱，只想随便找个话题聊："那什么……你打算怎么查？喊警察来一锅端吗？"

他没回话，手指灵活，很快把被子褪下来。

身体骤然与冷空气接触，薛拾星一缩，越发觉得此情此景过于暧昧，她赶紧制止住自己的浮想联翩，清了清嗓子："还是说……你已经设下了局，只等着孟灏来钻？"

她一脸正气凛然："我知道你肯定不会冒冒失失过来，你肯定有主意了对不对？"

聂西遥蹙眉，若有所思道："局？"

"对！局！"

聂西遥眯眼，慢条斯理道："不是你对我设了局吗？"

薛拾星愣住："哎？"

他伸手一掀，薛拾星摔倒在柔软的床上的瞬间，薄被笼罩住了两人。

聂西遥双手撑在她身体两旁，俯视着她。

黑暗中，四目相对，呼吸绵长交缠。

薛拾星眼睛瞪大，不自觉地咽了咽口水，结结巴巴起来："你、你、你想干吗？"

聂西遥笑了，他眸光微暗，声音喑哑："就你想的那样。"

"我……我什么都没想。"

"嗯？"聂西遥手指摩挲着薛拾星的唇瓣，"什么都没想？"

薛拾星点头："什么都没想。"

"那刚才是谁主动亲我？嗯？"

薛拾星连忙解释，脸红得厉害："我……我是为了救你……人工呼吸，人工呼吸知不知道？你、你、你不会以为我是故意的吧？你不会以为我设局勾引你吧？"她语调有些委屈。

聂西遥更低地笑了一声："不管是不是，"他按在薛拾星唇瓣上的手指力度加重，"我都心甘情愿。"

"等等！"她害羞地伸手捂住聂西遥的唇，气息有些不稳，"你……你不是说你不强人所难的吗？！"

聂西遥果然顿住了，好像是在认真思索，良久他才低声笑道：

"什么时候？你的意思是，你对我说的每一句话都印象深刻？"

"我……"惨了，又给自己挖了坑。

门口突然传来敲门声，薛拾星松了口气，推了推聂西遥的胸膛："有人来了，你快、快去开门。"

聂西遥一顿，嘴角微微勾起，不再犹豫地俯下身。

"谁也无法阻止我，薛拾星。"他语速极缓地说。

明明是在黑暗中，他却能精准地捕捉到了她的唇，柔软微凉。他毫不客气地将她的小声惊呼吞吃入腹，唇齿交缠，缠绵入骨。

黑暗中，不知道是谁的心跳。

"怦怦怦……"

不知道是谁的心跳。

"怦怦怦"地跳成一片密集的鼓点。

**Chapter.49**

主事在门口等了很久，才等到门开。

聂西遥已经重新戴上面具，双手插兜一脸不耐烦："什么事？"

主事不动声色地向屋内瞄一眼，正好看到薛拾星将自己包裹成蚕状，缩在床上，又注意到聂西遥稍显凌乱的衣领，瞬间了然。在接收到聂西遥阴冷的眼神后，他才赶紧说道："M先生想亲自向您表示歉意。"

聂西遥把门带上，双手抱胸，凉凉道："不用了，把精神损失费和医药费给我就行！我还打算去拍卖会看一眼呢，随便买几样不错的。"他状似无意地低低骂一声，"不然怎么向那个老女人交代！"

主事秒懂，但面露为难："拍卖会已经进入尾声了……不然您亲自去和 M 先生说一说？他肯定会卖您个面子，给您单独留下个好藏品的。"

"这样啊……"

……

门又被毫不留情地关上，主事吃了一嘴灰，在心底把无辜在夜店拉了一晚上肚子的、真正的 Z 先生的全家问候了个遍。然后无可奈何地乖乖听从吩咐，在门口等待。

薛拾星在他聊天的空当跑去浴室换好了已经干掉的裙子，闷闷地问："你真要去和孟灏见面？他肯定能认出你。"

聂西遥闻言看她一眼："不用担心，我自有安排。"

她试探地问："要不要我和你一起去？"

聂西遥理了理领带，低垂的眸中闪过一丝幽暗："你当然和我一起。"

薛拾星舒出一口气，默默地说："好。"

她的余光看到一只麻雀停在窗外的树梢上，蹦来蹦去，时不时偏头看她一眼，想起聂西遥开门前曾在窗口站了一会儿，仿佛在听小鸟说话……又回想起之前经常能在他身旁看见这种鸟，心底猛然一沉。

聂西遥唇畔浮起一丝笑："害怕一个人？"

薛拾星摇了摇头，小声地问："你为什么带我来拍卖会？你……究竟有什么计划？"

聂西遥望着镜子里的自己眯了眯眼，语气也冷下来几分："你在担心什么？"

沉默了好一会儿，薛拾星终于将梗在喉咙里的疑问问了出来："其实吧，刚才我一直在想……为什么在泳池里，那群食人鱼没有咬我，而是把我托上水面？"

聂西遥赫然转头直直地看着她，面上一丝表情也无。

薛拾星别开眼继续说："还有我第一次被孟灏绑架时出现的大批田鼠……我被文身男子劫持时出现的狼……我们从晚宴出来，险些被车子撞到，突然冲出来扯着你后退避开的小狗……我从来不知道自己有这么好的运气……你有什么想说的吗？"

她在这个瞬间突然福至心灵，眼眶有些发红，但还是抱着膝盖继续说："我记得我们第一次见面的时候，你说你可以救小叮当，你怎么会这么有自信？小叮当一直不喜欢与外人接触，可那天却很热情……所以它突然张口咬了你，完全出乎我的意料。

"其实我明白，上次你带我去时装展，也是为了转移孟灏的注意力，方便邵一源救你母亲吧？我不是责怪你……只是想，为什么你不能一早就跟我说清楚呢？我完全理解你的啊……还有……"

她顿了顿："你刚才为什么突然……吻我？"

她嗓音有些干涩和颤抖："聂西遥……你……你是不是能指挥动物？还有，你……是不是一直在利用我？你是不是已经知道我喜欢你了？你是不是……又想利用我？"

# 第七章

— 坦露心迹 —

**Chapter.50**

"你是不是……又想利用我？"

又？

无比讽刺的字眼。

沉默。

聂西遥蓦然低笑了一声："你怀疑……刚才的吻？"

薛拾星不说话。

聂西遥大步走到薛拾星跟前，不容她躲避，紧紧盯着她的眼睛："你怀疑我别有目的？"

避无可避，薛拾星默默地说："我不知道。"

聂西遥讥讽地一勾唇："你说得对，我一次又一次在你身上展现异能，我的确能与动物通话，指挥它们听我行事。"

"哈哈哈……原来真的是这样啊，好像很厉害的样子，哈哈哈！"薛拾星僵硬地应一声，不知道该喜该悲。

他曾这么多次救过自己，明明该开心才是。可这同时也意味着，自己和他的相识本就是他一手策划的，自己多次遇险也不过是他早早预料到的。

真……可悲，也真可笑。

门外又响起敲门声，主事已经等了很久很久了，他有气无力地在门外喊道："Z 先生，您好了没有？"

薛拾星缓缓站起来，轻声道："我们走吧。"

聂西遥深深地看了她一眼，眉眼沉沉道："最初是我不对，我急于引出真凶，没料到他们会把矛头对准你。"他嘴角讥诮地上扬，"我本以为我们只会是合作关系，我……所以理所当然要保护你，但我发现我错了。"他终究没有将"利用"二字说出口。

他熟稔地搂上薛拾星的腰，打开门，唇贴到她的耳畔，语气染上一丝喑哑："你不该怀疑那个吻。"

薛拾星默默点头，同时偏头躲开。此刻主事就在旁边，她也不好继续问下去。虽然无法说服自己相信聂西遥的这番说辞，却也不忍直接甩手走人，啊……该死的圣母心！该死的我喜欢你。

门口的主事莫名其妙地听到了聂西遥这句话，只以为两人在打情骂俏便没有多管。他指引着两人往楼上走，边走边说："M 先生这次的拍卖品那可都是珍品，绝对的第一手货！"

"第一手？难不成是墓里出来的？"聂西遥无所谓地问。

主事打着哈哈："嘿！怪我嘴快，怎么会是墓里的东西？真是开玩笑了！东西来源绝对正规！我的意思是啊，这批古董是……是……"

"好了！就算是墓里的又能怎样？要真是墓里的东西，那我倒有兴趣多买几样了。"

主事越发尴尬："Z 先生真是说笑了……呵呵呵，说笑了。"……

薛拾星虽还没从郁结于心的状态中缓过来，此刻也不由得腹诽，这聂西遥学二世祖学得这么像，该不会本就是这样的人，一直隐藏得很深而已？

走到一个房间门口，主事进去请示了一番后，为难地走出来："M 先生正在谈事情……麻烦您先在隔壁等一等。"

就这样，两人进入了隔壁的房间。

薛拾星反应过来："你是不是早就知道他没时间接见你，所以才答应了和他见面？你故意的对不对？"

聂西遥颔首："这层楼守卫森严，只有在主事的带领下才能上来。"

薛拾星点头，然后倏然瞪大眼睛："难不成落水也是你的计划之一？目的就是为了接近他？"

聂西遥眉头皱起："你不要把我想得这么神通广大。"

薛拾星撇嘴，吐槽道："能指挥动物还不够神通广大吗……你现在就算说你能隔空杀死孟灏，我也信啊。"

聂西遥眉头皱得越紧："薛拾星，你就这么想我？"

"我……"薛拾星心想，我还能怎么想？

他目光一凝："好了，先别说话。"

之前那只麻雀又飞了过来，不知道和聂西遥说了些什么，他表情松了些许，看一眼薛拾星一字一顿地说："宛朵朵就在隔壁。"

他本不欲冒险上楼，这次过来只是为了亲自摸清孟灏交易的老巢。他已经从前段时间麻雀偷偷潜入孟灏家中录下的录音和今晚录下的录音中，得到了关键证据。只要在买家离开前，警察到达这里，就可以人赃俱获。现在突然临时改变计划，就是因为从麻雀口中得知了新的消息——

宛朵朵被孟灏的人绑架。

## Chapter.51

宛朵朵再度醒来的时候，浑身无力，被绑在一个精致华丽的房间内。

她上午接到快递电话后，本打算自己下去拿，却又听到门口快递员的敲门声。

一打开门，她整个人就失去了意识。

醒来的时候，手脚被捆住，眼睛也被蒙住，不知身在何处。

她害怕极了，受新闻的影响，以为是遭到了恶人惦记，这才遭了绑架。也不知道周围有没有人，她颤颤巍巍地自言自语："各位大哥大姐……我只是一个小主播而已，没什么钱……"

对面传来脚步声，紧接着是陌生男子的冷笑："薛小姐别紧张，只是想请薛小姐来做个客罢了。"

"还真没见过这样子做客的……哎，等等！"宛朵朵蒙了，"薛小姐？你是说拾星？"

陌生男子也有点蒙了："你不是薛拾星？难道你是她室友？你怎么不早说？"

宛朵朵："……"对方一言不合就把她弄晕过去了，她还能说什么？

不管怎么说，对方阴错阳差就绑架了自己……嘤嘤嘤，想一想就觉得好委屈……但还好拾星没有事，希望他们能及时来救自己啊。

好长一段时间的沉默，久到宛朵朵几乎以为他离开了，那陌生男子才开口说："宛小姐配合的话，自然不会受到任何伤害。"

　　宛朵朵一脸茫然，自己都已经被绑架了，想通风报信也报不了，还能怎么个配合法？

　　也不知道薛拾星此番和聂西遥约会要多久才能回……也不知道他们能不能知道自己已经被绑架了……

　　脑子好不容易飞速运转一次，她又莫名其妙陷入了昏迷，直到现在才又醒过来。

　　还没晃过神来，就听到门口处传来动静，宛朵朵吓得浑身一缩。脑回路清奇的她，只想着此刻赶快戴上眼罩，不能看到绑匪的脸，说不定会被灭口……

　　宛朵朵赶紧闭上眼祈祷道："拜托拜托，只是送饭的阿姨，只是送饭的阿姨……"

　　门并没有上锁，估计是没有预料到聂西遥和薛拾星会出现在这里。门打开的那一刹那，薛拾星急得眼泪都要出来："朵朵？"

　　哎？宛朵朵震惊地睁开眼睛，拼命眨了无数次才确定不是自己眼花了。薛拾星戴着一个傻乎乎的面具像个天使一样出现在自己眼前！她身边的聂西遥则戴着一个超级无敌帅气的面具！今天是面具约会吗？！

　　放下戒备，宛朵朵嘴巴一撇，委屈地哭出来："拾星？拾星！

真的是你！真的是你！你……你们怎么在这里……你是和我心有灵犀，所以才这么快出现来救我的吗……拾星，我好怕……"

聂西遥自觉地走到门口，注意门外的情况。

薛拾星自责得不得了，只觉得是因为自己才牵连到宛朵朵，赶紧安慰她："没事了，没事了，我们会救你出去的。"

"呜呜呜……"

聂西遥脸色骤变，一把拉起薛拾星躲到窗帘后面："他来了。"

话语刚落，门外就远远传来主事的声音："Z先生，M先生说……哎，人呢？"他脚步声渐近，朝着这边走来，"Z先生？你在这里吗？"

眼看他就要推开这边半掩的门查看，薛拾星紧张地屏住呼吸，汗毛直竖。

宛朵朵作为主播，对声音极其敏感，很快就听出这个声音就是绑架她的人。她也不由得额头冒汗，生怕好不容易赶来救自己的拾星被发现。

聂西遥眼里寒光一闪，手臂渐渐收紧，下巴抵在她的额头上，轻声道："别怕。"

一只毒性极强的蜘蛛已经在门口蓄势待发。

谁知主事脚步一停，不知怎的，突然加速跑远了："孟小姐！这里不能进！孟小姐！"

聂西遥和薛拾星不由得对视一眼。

门外果然传来孟千蓝的声音："你是个什么东西，也敢拦我？给我滚开！"

**Chapter.52**

孟千蓝闯进去的时候，孟灏刚刚结束一场会谈，正在休息。

看到孟千蓝他一愣，拧起眉头："千蓝，你怎么来了？我不是说过让你不要来这里找我吗？"

孟千蓝不管不顾地开口质问："我才不管你的什么拍卖会！你老实告诉我，你上次在骗我是不是？你根本不是帮助唐姨，你分明是囚禁了她！现在唐姨已经被救回去了，聂哥哥还不知道会怎么怪我！他肯定觉得我是故意隐瞒了他！"

"胡闹！"孟灏一拍桌子，对这个任性妄为的女儿头疼不已，"你从哪里听来的这些？"

孟千蓝哼一声："你没看新闻吗？杀害聂叔叔的真凶已经被抓了！唐姨是无辜的！你为什么要骗我说你是在帮助聂家？还让我不要告诉聂哥哥，你不会是喜欢唐姨吧？"

"啪"的一声响。

孟千蓝踉跄几步，捂住迅速红肿的脸，不可置信地看着孟灏："你……你居然打我？"

孟灏深吸一口气，怒道："你还要闹到什么时候？你没看出聂西遥那小子眼里只有薛拾星吗？他什么时候在意过你？你难道非要上赶着去贴他？"

"我……"

"聂家的事情你少管！不要把全副身心都放在他身上！"孟灏在房间里踱了几步，心情越发烦躁，"把她拉出去！别在这里碍我的眼，乱我的事！"

"是。"

一直候在旁边的主事赶忙上前拉住孟千蓝，却被她恨恨地一把甩开："我自己会走！"

孟千蓝目眦欲裂，脚步匆匆，只恨不得薛拾星此刻就站在自己面前，将她生吞活剥。

主事手足无措："那……Z先生？"

孟灏挥一挥手，也没了交谈的兴趣，不耐烦地说道"别管他了，按他说的，给他笔钱！"

"是。"


隔壁房的三人并不知道刚才的那番变故，趁着主事不再注意所谓的Z先生去了哪里，薛拾星赶紧给宛朵朵松了绑。

宛朵朵揉着手腕苦中作乐："还好是把我丢在床上，也算是周末补眠了，真是睡了好长一觉啊……哎呀！我今天都没有直播！"

薛拾星无奈："这都什么时候了，还想着直播？算了吧，我今天也没直播。"

宛朵朵满脸委屈："你当然不同啊，你是为了约会，一次两次不直播没太大关系。别以为我不知道，你走后，我在你的直播间看到今天暂时停播的消息了。我可是靠直播吃饭的！"

薛拾星有些尴尬，也不敢看聂西遥的表情，低下头默默地说："不是约会。"

"不是约会，怎么穿这么好看？等等！"她狐疑地四下打量，"你还没有回答我，你好好约着会，为什么会出现在这里？"

薛拾星更加尴尬："说了不是约会！"

一旁的聂西遥并没关注两人的窃窃私语，透过窗帘的缝隙望着楼下的动静——已经陆陆续续有人出来了，看来楼下的拍卖会已经结束。他看一眼定位的手机，这个会所太偏僻，警方还在赶来的路上，此刻不能再犹豫，必须动手了。


**Chapter.53**

当天空铺天盖地飞来无数蜜蜂像张大网笼罩住整个会所时，楼下戴着面具的大佬们全是蒙的，抱着刚刚打包好的珍贵古董的服务员是蒙的，一身西装的保镖们也是蒙的。

大概是活了这么多年，只听说过和见过蝗灾，或者说，只偶尔捅过一蜂巢的蜜蜂，最多不过几十只罢了，从没见过这么大规模……蜜蜂群吧……

总之，呆了好几十秒才有人反应过来："快躲到大厅里去！"

人群涌动，大家都捂住脑袋，纷纷往屋内跑。几个胆子小的女士甚至直接尖叫一声昏倒过去，保镖们又要保护大佬，又要扶起惊慌失措的女士，又要驱赶即将蜇到自己的蜜蜂，忙得不得了……

……

看着这诡异的一幕，楼上窗口的薛拾星是蒙的，宛朵朵也是蒙的，大概淡定的只有聂西遥一人吧。

半晌，宛朵朵才叹息道："天哪，拾星……我一定是在做梦，对不对？我居然看到了这么多蜜蜂，你掐我一把！快快快！我一定还在梦中……"

薛拾星表情也有些抽搐，但毕竟是见识过群鼠的人，心理素质稍微提升了那么一点。她拍一拍宛朵朵的肩膀："可能……是因为这块地方风水好吧。"她指了指不远处的树林，"大概是那块地方蜂巢很多，而蜜蜂们今晚很闲，想一起出来溜达溜达？"

宛朵朵目光呆滞，嘴角抽搐，心情复杂："是吗？"


薛拾星趁着宛朵朵尚在迷茫中，戳了戳聂西遥，把他拉远了些，心不甘情不愿地主动问他："又是你？"

聂西遥沉默了一会儿，点头。

薛拾星心里冒出些说不上来的奇异的感觉。

不管是田鼠还是食人鱼，又或者是蜜蜂，薛拾星从没有想过和它们产生语言上的交流。她平时也只是通过模仿一些体型偏大一点的动物之间的交流行为，与它们进行互动。

能切切实实和各类动物产生交流，甚至小到蜜蜂、田鼠……这到底是一种什么样的感觉呢？

她看一眼聂西遥，思绪不由自主地延伸……如果真的能听懂所有动物的说话，那大概还挺吵的吧？

他获得这种异能又是否会感觉到困扰呢？

但是……不管怎样，真的很酷啊！简直太棒了！好羡慕！

聂西遥感觉到薛拾星打量的目光，也侧目看她，眼里情绪莫名："抱歉。"

薛拾星还犹自沉浸在思绪里，冷不丁听到这句，倏然睁大眼，有些不相信："你……你说什么？"

他重新将目光投向窗外，像是在很认真地跟薛拾星解释："我不是有意要让你牵涉其中，所以我最初答应过你，不管怎样都会救你，我会尽力弥补，我本以为这只是义务，"他沉默了几秒，"但我错误估计了自己的心。"

薛拾星的感觉很微妙，按理说以聂西遥的性格，他不会主动解释这些，最初自己多次问他事情真相，他都不肯透露一分一毫，肯让他主动解释的理由……

她脱口而出："那今晚你为什么要带我一起来？"

这个问题好像把他问住了，他蹙眉，不知想到什么，语气寡淡，像是自嘲："我原以为，我们之间只能谈案子，"他扫一眼薛拾星，"这点我也预估错了。"

薛拾星的心跳霎时间漏跳了一拍，她匆匆别开眼不敢再看他，被利用的愤怒好像在一点点消散。

所以才借这个机会把自己约出来吗？

所以真的是把拍卖会当成约会吗？

仔细一想，除了意外落水和意外得知宛朵朵被绑架外，好像这次的拍卖会之行真的挺安全的。

毕竟孟灏并不知道两人的存在。

还有，"错误估计了自己的心"这么隐晦的话语……我可不可以理解成，你也喜欢我？

直到一排排警示灯从不远处亮起，聂西遥才从窗外收回目光，淡淡地说："好了，别看了，我们下去吧。"

宛朵朵抱紧薛拾星的胳膊，赶紧摇头："不不不，你看看窗外的蜜蜂宝宝！现在下楼也太危险了！万一被蜇得满头包怎么办？我回去还要直播的！我不下去！我宁可等警察叔叔上楼解救我！"

刚刚说完，蜜蜂们如潮水般有秩序地渐渐飞远，没一会儿就隐入树林深处消失得无影无踪，一只也不剩了。

宛朵朵惊得目瞪口呆："……"

薛拾星拉着宛朵朵："趁着现在没人注意你，我们快走吧。"

宛朵朵还在喃喃："这个世界真奇妙……"

下楼时一路很顺利，原本守在各个楼层的保镖们都跑下楼救驾去了，剩余的几个则以一种诡异的姿势昏倒在地上，像是喝醉酒了，又像是被什么动物给咬了——自从薛拾星从聂西遥口中得知了他的异能后，就忍不住总把身边发生的异常情况与动物联系在一起。

宛朵朵啧啧称奇，大胆地跑过去踢了踢地上的那个壮汉："哼！善恶终有报，天道好轮回！不信抬头看，苍天饶过谁！哈哈哈哈哈，是老天爷在帮助我们吗？简直太酷啦！"

宛朵朵一副兴奋得无所畏惧的样子让薛拾星不禁扶额，也不知道该说她缺根筋好，还是说她无知者无畏好。

薛拾星看一眼聂西遥，他表情淡定，好像这种种异样与他全无关系。但她知道，他已经彻底放开了手脚，不打算再在她面前隐瞒自己的异能了。

### Chapter.54

楼下。

无数的警察围住了整个会所，刚刚逃脱蜜蜂攻击的大佬们慌了神，自己只不过是买个古董罢了，虽然主办人举办拍卖会的形式神秘了些，但这样也能招来警察？

一旁的主事有些慌了，他自作主张地跑到薛拾星家里绑架了薛……啊，不对，宛朵朵的事情，还没来得及告诉孟灏。

不怕一万就怕万一！本来是想绑架薛拾星，免得聂西遥神出鬼没过来砸场子，至少可以用薛拾星来做要挟，要是干得好的话，说不定能得到孟灏赏识……

他地位不高，一直在会所里当一个小小的主事，本想着大展拳脚，没料到会绑错了人，现在警察还过来了……

他结结巴巴小声地对面色冷凝的孟灏道："孟局长……那个，薛拾星的室友现在在我们手里……"在孟灏震惊的眼神里，他哭丧着脸把事情经过说了一遍。

孟灏勃然大怒却发作不得："你！还不快想办法把她弄走！"

主事脸涨得通红："我……我这就想办法！"

孟灏疑心很重，一直怀疑聂西遥已经向警方举报了自己，怀疑自己的几处住宅被警方监控。他本打算出手了这批古董后，带着孟千蓝一起藏身国外，谁知警方居然找到了这里。

他是怎么也不会想到，聂西遥和薛拾星此刻也在这里。

所以，当他眼睁睁地看着聂西遥三人走下楼时，内心已经不能用震惊来形容。这么近的距离，他要是认不出聂西遥那张脸就真是见鬼了！

聂西遥唇畔浮着笑意，缓缓摘下面具，露出精致的眉眼："孟叔叔，好久不见。"

一旁的主事不住地惊呼："Z 先生，你……你是聂西遥？"他在看到宛朵朵的时候，更是一副撞鬼的样子，只恨自己没有事先做好准备，不仅没有认出聂西遥，也搞错了谁才是薛拾星。

宛朵朵听出了主事的声音，瞪大眼睛指着他："拾星拾星，就是他！冒充快递小哥！"

心情郁闷的孟千蓝也看见了聂西遥，大喊："聂哥哥！你……"但她很快看到了聂西遥身后的薛拾星和宛朵朵，脸色阴沉下来，"你怎么又和她在一起？！"

宛朵朵做个鬼脸，有人撑腰气势瞬间上来了："怎么不能在一起？"

孟灏拉开咬牙切齿的孟千蓝，强行控制住情绪，冲楼梯上的聂西遥道："西遥啊，怎么来了都不打声招呼？叔叔也好招待招待你。"

聂西遥笑了笑："孟叔叔不必客气，之前的鱼池招待已经让我受宠若惊了。"

孟灏脸色一僵，只恨自己不该手下留情，不该叫人捞出他来，就算死掉的人真的是 Z，也总能想办法掩盖住。

会所外，为首的中年警官开始喊话："里面的人都不许动，你们已经被包围了。"说着指挥着其余警察进去搜寻，没一会儿就找出了大量的古董，看成色和式样，和之前在聂楚丰家里发现的古董赫然是同一批。

虽然大佬们平时耀武扬威惯了，但此刻在警察面前也不由得有些紧张，生怕被抓了把柄去。

离警察最近的大佬笑容讪讪："警察同志，我们应该没犯什么事吧？"

中年警官冷声喊："把面具摘了！"

大佬们十分尴尬，一个接一个地把面具摘下来，这才发现，会所里不仅有平常低头不见抬头见的老熟人，也有平日里针锋相对斗得死去活来的生意上的竞争对手。

"哈哈哈，张哥你也来买古董啊！"

……

"老赵，你可真不够意思，明知道我喜欢收藏花瓶还跟我抢！"

……

"小李子！你不是说你老婆不许你买藏品吗？！"

会所大厅吵吵嚷嚷的，终于把在楼上休息的邵市长和邵一源引了出来。邵市长眉头一皱，匆匆走出大厅："这是怎么回事？"

警方最新得到的消息是孟局长涉嫌陷害聂楚丰盗窃古董，尚未来得及调查消化这一消息，又得到举报说，孟局长才是真正涉嫌古董盗窃和买卖的人。事情发展太快，简直到了离奇的地步，于是警方通过举报定位赶到此处。却不知道邵市长居然也在这里，为首的中年警官公事公办，严肃地上前向他了解情况。

邵一源很快注意到了大厅那块有些不对劲，紧接着他便看到了聂西遥、薛拾星和眼珠骨碌骨碌到处乱转的宛朵朵。他顾不上邵市长的阻止，一个箭步跑上去着急地关切道："朵朵？你怎么会在这里？"

宛朵朵指一指孟灏和主事："喏，他们绑架我！"

孟灏脸色难看得厉害："一个小姑娘家家不要血口喷人。"

孟千蓝想起孟灏之前囚禁唐佳梅，心里恐慌扩大，脸色大变反驳道："你神经病吧，你？胡说八道什么？就你？一个破主播，我爸绑架你有什么好处？自以为是！"

宛朵朵急了："我没事诬陷你爸做什么？你要看证据吗？现在绑架我的绳子还在楼上房间里呢！"

"你！"

孟千蓝恼羞成怒，聂西遥和薛拾星在一起的刺激，再加上宛朵朵口中的言论，激得她眼睛通红。

邵一源脸色冷下来，一改往日的吊儿郎当："孟叔叔真是好本事，一而再再而三地干出伤天害理的事情，一源真是佩服！"他以守护的姿态站在宛朵朵身前，"孟叔叔也真不怕遭了报应。"

孟灏脸色彻底阴沉下来。

无数双眼睛下，气氛瞬间就剑拔弩张起来。

## Chapter.55

"吵什么吵？！"为首的中年警官与邵市长聊完后，剑眉一竖，"当警察是摆设吗？"

邵市长全没了之前说话的底气，想必是听了中年警官的话后，受到了冲击，有些后悔自己选择加入孟灏一党，索性缄口不言，不愿再涉足其中。

孟灏咬牙，拨开人群："不知警官深夜造访有何贵干？"

在众人皆沉默之际，一段录音不知从何处倾泻而出。

"……您尽管放心，这批古董都是我找人从云南的古墓里弄出来的，绝对的第一手货，绝对新鲜！"

"……哈哈哈，这批货绝对安全，您完全可以放心购买，不会有警察追查到我们头上来……"

录音断断续续，显然是长期偷录下来的，而这声音的主人赫然就是孟灏。

在场的大佬们大惊失色，为了避免牵连到自己，忙不迭倒戈站在警察一方："孟局长你可真不够意思，当初明明跟我们说好，是来源正规的古玩，现在录音里又说是盗墓而来，这是怎么一回事？"

"可不是嘛，孟局长你可太不厚道了，这是陷我们于不义啊！"

......

孟灏脸色铁青，循着声音来源而去，果然在草丛里发现一支录音笔，他还没来得及动作，录音笔就被离得最近的警察攥到了手里。

中年警官冷声道："孟灏，我们已经掌握了你诬陷聂楚丰盗窃古董一案的证据，再加上你亲自参与古董盗窃买卖，你还有什么话可说？"

缩在人群里的孟千蓝瞳孔放大，她是怎么也没想到，自己的父亲居然干了这么多非法的事情，种种事件无一不是针对聂家。她被这番变故刺激得大喊："爸，真的是你做的？你……"

孟灏遥遥看一眼女儿的方向，暗自咬牙。

在场的警察虽然持枪而来，但碍于现场人数太多，不好贸然动手，这倒给了孟灏可乘之机，他现在已经无路可退，只能拼死一搏！

孟灏索性随手扯住一个年轻的女士，将贴身的小刀抵在她的脖颈处，温和的表象再也维持不下去，面目狰狞狠声道："怎么？你们拿了东西就想翻脸不认人？当初你们不是个个都说，非墓里的东西不要吗？"

大佬们连连否认：

"你可别胡说！"

"我们什么时候说过这话？"

一旁的邵市长也开始苦口婆心地劝起来："早知今日何必当

初啊！放下吧！"全然忘了几个小时前，他是怎样在孟灏面前卑躬屈膝的。

……

已经没人再注意楼梯口的聂西遥三人，宛朵朵愣愣地看着这场手撕孟灏的戏码，默默地说："真是一场好戏啊……"

她本想冲上前去揭发孟灏绑架自己一事，但现在看来，好像不揭发他也逃不了了。

邵一源已经没兴趣再看下去，蹙眉对宛朵朵说："我送你回去。"

宛朵朵摇头不依："我要和拾星一起……"

邵一源此刻心情并不好，不顾她的抗拒，拉着她的手腕就往外走。守在侧门的警察认出了邵一源的身份，只叮嘱一句"记得去局里做笔录"就将两人放了出去。

宛朵朵还在挣扎："邵一源，你讲不讲道理啊……"

……

薛拾星也觉得接下来的戏份跟自己已经没有关系了，耸耸肩对聂西遥说："我们也走……"

话还没说完，意外突起。

站在暗处不起眼的几个保镖猛然冲向孟灏的位置，试图掩护他逃离现场，另外几人则冒死冲向警察群，扰乱警察的追捕。

大佬们生怕殃及自己，赶紧招呼着自己的保镖护驾。

各种鬼哭狼嚎，现场霎时间一片混乱。

## Chapter.56

孟灏在保镖的掩护下，趁乱跳窗逃跑了，孟千蓝也不见了踪影。警察们安抚了现场人群后，开始四下散开寻找他们的踪迹。

聂西遥眉头一蹙，顺着麻雀指示的孟灏跑掉的方向也追了过去。他无法向警察解释自己如何知道孟灏的行动轨迹，索性一个人追上去。一旁的薛拾星一愣，脑子里热血上涌也跟着追了上去。

会所的后门通向一座后山，树木茂盛，极为隐蔽，更何况孟灏常年将拍卖会举办在这里，肯定对地形无比熟悉。

圆月高悬，聂西遥和薛拾星已经走了两个小时，再找下去就要天亮了。薛拾星浑身的力气都耗尽了，靠着一棵大榕树，说什么也要休息会儿。

聂西遥也毫不在意地停下来。

"他怎么精力这么旺盛？一口气跑这么远。"薛拾星气喘吁吁。

聂西遥看一眼天色："有人接应他，他已经从主干道绕出去了。"

薛拾星傻眼了："那我们为什么还要在这后山瞎转？"

聂西遥一顿："大概是迷路了。"

"哈？"薛拾星不信，"你骗我吧？我可没这么好糊弄了！你明明不是一个人在战斗，这么多小动物能够给你引路，你怎么可能迷路？"

聂西遥淡淡地看她一眼："事实上，从一个小时前他被接应走后，我安排的动物便无法追上他，失去了他的踪迹。"

"但是这和我们迷路了有什么关系？"

"反正今晚无法追到他了，索性自己找出路，很有趣不是吗？"

薛拾星惊得说不出话来，悲愤地指着他："所以这一个小时你都在找出路？亏我还以为你在认真追寻孟灏的踪迹……你……你是疯了吗？哪里有趣了？"

聂西遥顺势倚靠在她身旁的大榕树上，双手枕在后脑勺上："看你生气很有趣。"

薛拾星："……"

你这个人！你这个人什么恶趣味啊！

总之，事已至此，也只能听天由命了。

"你还记得在云南的那个晚上吗？"薛拾星没力气跟他讨论什么迷路不迷路的问题了，只好转移话题。

"嗯？"

"那天是孟灏的人追捕我们，可今天居然是我们追捕孟灏，想一想还挺奇妙的。"说着说着她来了点兴致，"话说那天晚上的狼真的把我吓了一大跳，我还以为它肯定会扑过来咬我，没想到它特别傲娇地看我一眼就走了。"

聂西遥唇线上扬，不置可否。

想到这里，薛拾星"扑哧"一笑，眼睛亮起来，扭头看着聂西遥问："能和动物交流到底是一种怎样的体验？你是从小就能和动物交流吗？"

"不，是从18岁那年起，突然有了这个异能。"

薛拾星激动起来："你做了什么？是不是和电视里的穿越时空那样？你突然溺水或者是突然被车撞，然后就……哎哟！你打我头做什么？"

聂西遥慢悠悠地收回手："不是。"

"那是怎么一回事？"

聂西遥一默："顺其自然就发生了。"看薛拾星百思不得其解，遂转移话题道，"你问这个做什么？"

薛拾星越发激动，眼睛里仿佛倒映着月光，熠熠生辉："我也想和你一样，可以听见动物说话！你也知道我是主播，而且一直是做和动物相关的直播，如果我真的可以听见动物说话，那该是一件多么幸福的事情啊！"

聂西遥微一挑眉："你想听见动物说话？"

"对对对！"

"比如？"

"比如，"薛拾星蹲下来指着土地，特别正经地说，"我特别想知道地上这只蚂蚁在和另一只蚂蚁说什么！不过蚂蚁这么小，你应该听不见它们之间在聊什么吧？"

的确不能。

聂西遥也跟着她蹲下，默默看了那两只蚂蚁一会儿后抬眸，靠近她几分，唇畔染上笑意，嗓音低沉道："我转达给你，怎样？"

## Chapter.57

一片暗云渐渐挡住了高悬的月亮，月光越发暗淡，星子也不见几颗，虽然还没到伸手不见五指的地步，但也差不离了。

薛拾星莫名有些不满，聂西遥口头上说要转达给她蚂蚁之间在交流什么，却半天没下文，而是自顾自地站在不远处，不知道又在和什么动物说些什么。

薛拾星百无聊赖，看他没有告诉自己的意思，索性搁下这个话题，喊道："你是在问路吗？我们什么时候能走出去？"

聂西遥很快说完了最后一句，转身走近她："你想出去了？"

薛拾星双手托腮："是啊，我好饿啊。"

两人自进入会场到现在，滴水未进，先前一直处在紧张的情绪里，此刻缓和下来，自然很快就意识到肚子开始抗议了。

聂西遥颔首，掏出手机道："那好，我喊邵一源来接我们。"

此刻，薛拾星的心情已经不能用郁闷来形容了："你一直带着手机啊？为什么不早点打给他？这样我们也不至于迷路这么久！"

他微微眯眼："你不想和我待在一起？"

好吧，自从她亲口承认喜欢他以后，他就时不时撩拨她，顶着一张这样的脸一本正经地撩人，简直没天理！

"我们回去之后也能在一起啊……"说完她就想咬舌头，为什么要说得这么暧昧啊！"我的意思是，我们之间不谈案子也可以的……"越说越暧昧，她果断住嘴，言多必失言多必失！

聂西遥似笑非笑道："你不想知道它们的聊天内容了吗？"

薛拾星有气无力道："敢情你还记得这回事啊！"她弯腰四处搜寻了一番，摇头，"谁让你不早点说，现在太暗了什么都看不清了，要不还是算了吧？"

一阵微风拂来，微凉，带来零星的一点微光。

聂西遥缓步走近，伸手捂住薛拾星的眼睛，在她耳旁低声道："准备好了吗？"

她的眼睫在他掌心颤动，微痒。

薛拾星感觉很微妙，也不知道为何突然一阵心悸，下意识地抓住他的手腕："准备什么？我不知道我要准备什么啊？"

安静了好几秒，他轻声说："听听它们的声音。"

他的手指骤然离去，薛拾星疑惑地睁开眼。

一声惊呼。

映入眼帘的是大片大片的萤火虫，亮着星星点点的微光，随着阵阵清凉的微风翩然而舞，环绕在红裙的她和暗色衬衫的他身旁。一闪一闪的，仿佛童话世界，梦幻得不得了。

薛拾星不由自主地伸出手想触摸它们，双手却被聂西遥的双手包裹住，是聂西遥拥住了她，她心弦一颤，眼睁睁地看着两只亲密无间的萤火虫缓缓停到了自己的掌心。

黑暗与光明交织，不知是谁的声音在轻轻颤抖。

"它们……"

聂西遥嘴角掀起一点弧度，点点荧光落在他们身侧，落入他墨黑的眼眸中，似有一片星辰大海。他轻声在她耳畔低语："你知道它们在说什么吗？"

薛拾星整颗心都被聂西遥的举动牵引，喃喃道："它们在说什么？"

时光漫长，他的嗓音一字一顿地落在她的心底："它们在说，我喜欢你。"

### Chapter.58

下山的路在萤火虫的指引下，变得很快。

薛拾星时不时偷瞄一眼两人相牵的手，眉眼弯弯，觉得人生简直太美满了！

虽然这个晚上经历了不少惊吓和曲折，但能得到现在这样的结果好像也不错。

传说中的抱得美人归，大概就是这样的感觉吧！

聂西遥早就注意到了她的兴奋雀跃，瞥她一眼："笑什么？"

明知故问！

薛拾星不理他，傲娇地说："没什么。"

一只萤火虫轻轻落在薛拾星的鼻尖上，她鼓起腮帮子，一吹，它又轻飘飘地飞走了。

看她这副可爱的样子，聂西遥心念一动，不轻不重地掐了一把她的脸。

微疼，薛拾星不满："干吗掐我？"

聂西遥淡淡地答："肉真多。"

薛拾星："……"

就这样走着走着，薛拾星胆子莫名变得很大，问道："你刚才其实是在对我表白对不对？假借萤火虫的对话向我表白？"

聂西遥没回话。

她越发来了兴致："对不对，对不对？不要害羞嘛，说嘛，说嘛，我想听，我想听……"

聂西遥终于有了点反应："害羞？"

薛拾星一脸促狭，笑脸漾开"我就知道你害……"话还没说完，就被柔软的嘴唇堵住，良久，他才松开扶着她肩膀的手。

看着她脸红得像只煮熟的虾子，聂西遥一脸淡然道："谁害羞？嗯？"

……

两人很快到了山脚，会所就在不远处。白色跑车里的邵一源早早在等候，他颇有些无奈，对聂西遥道："你不是有车吗？干吗非喊我当司机？不知道我很忙吗？不知道我正在和朵朵谈人生、谈理想吗？"

薛拾星心情好得不得了，夸一句："因为你人好啊。"

谁知，听到这句夸赞，邵一源并没有沾沾自喜，而是一脸惊恐："薛拾星，是你脑子烧坏了，还是我耳朵出了问题？认识这么久，你可是第一次夸我！别别别，拜托正常一点！"

薛拾星嘴角抽搐："那你还真是受虐狂啊。"

聂西遥淡淡地道："帮我送拾星回家，我还有事。"

"你要去哪里？"薛拾星问。

聂西遥掏出车钥匙，远处的黑色跑车车灯亮了亮。

"孟灏虽有人接应，但应该跑得不远，我再去找找。"

"我陪你一起吧？"薛拾星脱口而出。

邵一源摇摇头，啧啧两声："腻歪！"

聂西遥笑了笑，自然地在薛拾星脸颊上落下一个吻："不早了，你先回去吧。"

邵一源夸张地叫出声："怎么了，这是？我们聂公子是坠入情网了吗？"

薛拾星害羞了，凶巴巴道："关你什么事，要你多话！"

聂西遥轻描淡写道："是又怎样？"

薛拾星害羞得更厉害了。

......

好不容易回到家，被关在房间里一整天的拉布拉多欢脱地扑了上来。薛拾星早已一身疲惫，只想赶紧给拉布拉多和小叮当喂完食物，然后洗澡睡觉。邵一源怕打扰到宛朵朵休息，送她到门口就离开了。谁知宛朵朵并没有睡觉，而是穿着睡衣正襟危坐地坐在客厅里，这架势摆明了正在等薛拾星。

"你怎么还没睡？"

在薛拾星疑惑的眼神中，宛朵朵迟疑了几秒，还是告诉她："拾星，今天上午有件事我忘了告诉你……你好像被人陷害了……而且还上新闻了！"

# 第八章

— 波涛暗涌 —

**Chapter.59**

听宛朵朵说了来龙去脉，薛拾星才明白过来，她刚刚在电视新闻上看到了自己。

今天白天的时候，宛朵朵就在直播平台上看到有人在网络上恶意抹黑薛拾星，说她披着讲解动物视频的皮，干些不正当的事情，甚至还有些 PS 合成的不雅照片流传出来。

原本这条传闻只在直播平台传播，后来不知怎的，事情越闹越大，到下午的时候，捅到了网络安全管理局那里，薛拾星和宛朵朵所在的直播平台被要求关闭整治。

宛朵朵气愤不已："这摆明就是陷害你！本来直播平台还有不少支持你的人，说看过你的直播，你不是这样的人。可现在平台要求整治，很多不知情的爱看直播的观众都开始骂你了。简直太缺德了！"

薛拾星哭笑不得："网络暴民而已，不用理会他们。"她表情一秒变严肃，"重要的是，直播平台关闭了，你怎么办？"

"我倒是没什么，换一个直播平台照样能红红火火……啊！你不要转移话题！重点是你被人恶意抹黑了！"

薛拾星已经昏昏欲睡了，眼睛都睁不开："所以，我们该怎么办？"

宛朵朵义愤填膺："我们去报警吧！"

薛拾星："……"

天蒙蒙亮，聂西遥便来到了薛拾星家门口，他一晚上没睡，眼底泛着青色。

孟灏好像突然从人间蒸发了，什么踪迹也找不到，他向沿途的动物们打听，也都说没见到这样一个人。聂西遥不是勉强自己的人，便暂时放弃。

没敲几下，宛朵朵就精神抖擞地打开门："你怎么来这么早，拾星正在洗漱呢。"

聂西遥心思敏锐，很快就察觉到宛朵朵的异常："你们怎么起这么早？"

宛朵朵理所当然地说："去报警啊！"

聂西遥眉头一皱："报警？"

提起这档子事，宛朵朵立马一股脑地将薛拾星被抹黑这件事告诉了聂西遥。


薛拾星从卫生间出来时，看到的就是这诡异的一幕：宛朵朵神秘兮兮地滑动着手机屏幕，给聂西遥展示被 PS 的薛拾星照片。

她边展示边点评道："你看这张！P 得也太假了吧？脸都是歪的，肤色也不均匀……还有这张，拾星哪有这么好的身材？认识她的人都知道，这妥妥的不可能是她……"

听到薛拾星走近的脚步声，宛朵朵吓得手一哆嗦，手机险些摔到地上。

薛拾星表情古怪："你们在看什么？"

宛朵朵捧着手机把头摇成拨浪鼓："没什么，没什么！"

凭薛拾星对宛朵朵的了解，还不明白她这点小心思，扑过来抢手机："宛朵朵，你能耐了是不是？快给我看！"

宛朵朵赶紧把手机丢给聂西遥，惨叫道："聂大帅哥，你快阻止你家拾星！啊啊啊，救命！"

聂西遥捏着手机又随手翻了翻，这才递给薛拾星："的确一看就是假的。"

"你们到底在看什么？"薛拾星愤愤不平地拿过手机，才看一眼，脸唰地就红透了，赶紧把手机丢开，"这都什么呀！"屏幕上都是些 P 着她头像的衣着裸露的照片。

宛朵朵无奈地摊手："让你昨晚不着急吧，现在知道严重了吧？"

薛拾星哭丧着脸："那怎么办？"

聂西遥神色莫名地打量她两眼。

薛拾星被这眼神看得心里发麻，好一会儿才听他说："别担心，我来处理。"他垂下眼喝了口咖啡，"毕竟这照片只能我一个人看。"

薛拾星："……"

宛朵朵愣了愣，满眼的崇拜："天哪，聂大帅哥你简直太霸气了！"

### Chapter.60

当薛拾星上了聂西遥的车时，薛拾星还半天没缓过神来，自己明明是要去警局报案，现在却要去聂西遥的家。

当然，这其中也少不了宛朵朵的推波助澜。宛朵朵一听到聂西遥要带薛拾星回家的消息就眼睛一亮，恨不能主动替她收拾好行李，将她整个人打包塞进聂西遥的车子里，让她在聂西遥家待上个十天半个月的。

薛拾星又羞又恼道："我搬离这里到底对你有什么好处？"

聂西遥淡淡戳破："方便邵一源过来。"

薛拾星恍然大悟："原来你是这样的宛朵朵！"

宛朵朵跳脚道："我才不喜欢邵一源那个紫毛怪呢！"

薛拾星点头："哦，我又没说你喜欢他。"

宛朵朵："……"


上了车，聂西遥才告诉薛拾星，今天是唐佳梅的生日。

唐佳梅刚从孟灏的禁锢中被救出来，再加上之前一直被外界冠以"弑夫"的名头，所以聂西遥不想太大张旗鼓，只想低调地陪母亲过一个生日，一个第一次没有父亲在场的生日。

"所以你喊了哪些人去你家？邵一源去吗？"

聂西遥嗓音淡淡，像是在说一件稀疏平常的事情："只喊了我未来的妻子。"

"未来的妻子"，薛拾星怔了下，脸上又飞起红霞，他说我是他未来的妻子哎……

聂西遥趁着红灯，抽空瞥她一眼："你脸红什么？"

薛拾星一愣，老半天才说："我就不能稍微感动下吗？"

聂西遥微一蹙眉，似在思索："这有什么好感动的？这不是事实吗？"

薛拾星……脸红得更厉害了……

薛拾星还是第一次来到富豪的家里……这么说好像不太对，应该是，第一次来到长河市前首富的家里……

再加上这是聂西遥的家，她心情越发忐忑，偷偷问聂西遥："怎么办？你没有早点跟我说，我都没有给阿姨准备礼物。"

聂西遥想也不想就说："儿媳妇就是最好的礼物。"

薛拾星："……"

话虽这么说，但聂西遥还是从后备厢里拿出了一盒补品递到薛拾星手里，在她感动的眼神里说："虽然目前母亲不在意这些，但唐叔却很在意礼数，更何况你是未来聂家的女主人。"

"唐叔？"

刚一进前院，还没见到唐佳梅，薛拾星便率先看到了凉亭下，一个慢慢摇着蒲扇、头发斑白的老人。他神态安详，合着眼，正在晒太阳。

想必他就是聂西遥口中的唐叔——大唐佳梅十多岁的亲生哥哥唐佳树。

聂西遥快走几步，行至唐叔面前，脸上浮起少见的带点孩子气的笑："唐叔，我回来了。"

唐叔眼睛也不睁，将手里的蒲扇向声音的来源扑打过去。

聂西遥敏捷地躲开。

唐叔这才睁开眼，眼里闪过一丝懊恼，叹息道："哎哟，老咯老咯，再也打不着你了。"

聂西遥笑道："怎么会？唐叔想打当然能打到。"

……

不远处的薛拾星有些晃神，最近聂西遥的笑容好像越来越多，不再整日里板着张冰块脸了。由此可见，孟灏对聂家的连番打击对聂西遥的影响有多大。能一步步击溃孟灏，对他而言有多开心。

聂西遥指了指薛拾星的方向，不知道对唐叔说了些什么，唐叔直直望过来，脸上的笑意却渐渐消退了些。

薛拾星不由得心头一紧。

**Chapter.61**

"唐叔，您好，我是聂西遥的朋友薛拾星，您叫我……"

"我认识你！"唐叔不是很客气地打断她，"知名女主播不是吗？"

薛拾星愣住了。

聂西遥表情严肃起来："我跟您说了，那个新闻是刻意抹黑，不关她的事。"

薛拾星明白过来，原来唐叔看到了关于自己的那条新闻。她尴尬地笑了笑："您误会了，我虽然是个主播，但我直播的内容都是关于动物……"

"好了，好了！别说了，我不想听。"唐叔脸上完全没了笑容，对聂西遥也不客气地驱赶道，"走走走，别在这里扰我清净！"

聂西遥脸色越发冷峻，显然还打算再说，薛拾星赶紧拉住他，示意他算了。毕竟自己初来乍到，没有理由让他和家人闹翻。

直到离开了唐叔的视线，聂西遥才安抚地揉了揉薛拾星的刘海："唐叔为人固执古板了些，但心是好的，你别在意。"

薛拾星默默摇摇头："没关系，那条新闻本来就是不实的啊，再说了，你不是答应要帮我处理的吗？"她露出笑脸，一脸毫不在意的样子，"那我的清白就靠你了！"

聂西遥淡淡浮出笑容，眸色深深翻涌着莫名的情绪："好。"

两人在客厅坐等了好一会儿，唐佳梅才缓缓走下楼。她精神依旧不太好，不管是白天还是夜晚都要拉着窗帘，不然就会有一种被人偷窥的错觉。

再度见到薛拾星的这一刻，唐佳梅很快认出了她。自家儿子身边很少有女性朋友，就算孟千蓝一直追着他身后好几年，他也一点反应也无。所以，自从唐佳梅在病房见到薛拾星起，就对她产生了极大的兴趣。

她温温和和地笑道："小遥说要带朋友来，我还以为会是千……总之，很开心再次见到你。"

薛拾星也乖巧地笑："唐阿姨，生日快乐。"说着还将刚才聂西遥递给自己的补品拿到唐佳梅面前。

唐佳梅嗔怪道："来就来，不必这么客气。"

薛拾星偷偷吐舌头，不好意思地瞄一眼坐在沙发另一头喝咖啡的聂西遥，他脸色挂着弧度很浅的笑，嘴唇微微启合。

薛拾星看了半天才读懂，他在说："记得还我。"

她也做着口型："还？怎么还？"说着默默把目光凝在补品的包装盒上，目测很贵的样子，要不眠不休做好几天直播才还得起了，想一想简直忧伤。

再度将视线移向聂西遥时，正好看到他嘴唇一掀，吐出四个字，薛拾星立即就看懂了，害羞得不再看他，心底却泛起甜意。

他一字一顿极缓慢地说："以身相许。"


唐佳梅目光在两人身上一转，笑道："你们呀，有话就说，不要在我面前眉来眼去的。"话虽是玩笑话，但她的笑意却渐渐淡了下来。她不由自主地想起了自己的丈夫聂楚丰。以往的每一个生日，聂楚丰不管多忙，都会陪自己过生日。虽然他是个不懂浪漫的人，却次次绞尽脑汁送上惊喜，虽然有的时候会变成惊吓……但也不失为可贵的回忆。

现在……恐怕是再也不会有了。

聂西遥看出母亲的失落情绪，坐过来，安抚地拍了拍母亲的后背。

正说着话，门口传来拐杖敲击地板的声音，唐叔板着脸走了进来，他扫一眼薛拾星，表情更加难看。但碍着今天是唐佳梅的生日，而且看唐佳梅的样子好像还挺喜欢这个小姑娘的，他便忍下了情绪。

"好了，别聊了，先吃饭了。"

## Chapter.62

虽然只有四个人吃饭，虽然唐叔没什么好脸色，但薛拾星依旧和唐佳梅相谈甚欢。看终日里神情郁郁的唐佳梅难得这么开心，唐叔更不好说什么，连带着，对薛拾星的厌恶也减缓了些许。

偶尔也能搭上几句话。

当聂西遥端上一个精致的蛋糕时，唐佳梅更加惊喜，连连说道，以前从来不准备这些东西的聂西遥，在薛拾星出现后，也渐渐知道关心母亲了。

引得薛拾星促狭地笑起来。

聂西遥则神色不变，全然不在乎母亲把自己当成调侃的对象。

转眼间，已经在聂家待了一整天了，薛拾星便想着该作别了。谁知唐佳梅经过一天的相处，有些不舍，连声说让薛拾星在这边过夜，薛拾星推不了，便把求助的目光望向聂西遥。

聂西遥看也不看她，慢条斯理道："这么晚了，我的车不想出门。"

薛拾星蒙了："哈？"

他又接着说："你实在想回去的话，出了门走上两公里，便有公交车搭乘。对了，这块地形比较复杂，你要是随便乱走可能就走出长河市了。"

"……"

薛拾星彻底闭嘴了。

"叮咚！叮咚！"

门口传来门铃声，唐佳梅不由自主地瑟缩了下，薛拾星赶紧安抚道："唐阿姨没事，应该是送祝福的。"

聂西遥起身看一眼监控，是一个陌生的男子，他手里捧着一大束花，意图未明。他不由得有些谨慎，这极有可能是逃亡在外的孟灏的诡计。

"谁？"

铁门外的小哥把怀里的花捧高，热情地喊道："是唐佳梅女士家吗？"

"什么事？"

"是这样……一位叫聂楚丰的男士半年前在我家花店订了接

下来五十年的花，让店里的人每年来这个地址送一束花给唐佳梅女士。请问，这里是唐佳梅女士的家吗？"

屋内的所有人都愣住了。

当唐佳梅颤抖着手亲手接过花时，送花的小哥又从口袋里掏出一封信给了唐佳梅："对了，这位聂楚丰先生还说，如果在这半年时间里，他再也没有来过店里，便让我把这封信带给您。"小哥顿了顿，笑容扩大，"唐女士！祝您50岁生日快乐！"

信还未打开，唐佳梅便已经热泪盈眶，泣不成声。

信封上端端正正写着唐佳梅最熟悉的字迹：

佳梅：

生日快乐，见信好。

佳梅，见到这封信的时候，想必你已经坦然地接受了我离世的消息。

我一直不敢告诉你我检查出了癌症，就是怕你担心。

想必你看信时，小遥、佳树哥，还有阿灏都陪在你身边吧？那这样我也就能放心地走了。

……

你以前总说我不懂浪漫，现在看到这束花，你有没有开心一点？

......

很抱歉，无法实现陪伴你一百年的承诺，那么，就让这美丽的鲜花代替我，在往后的每一个生日里，陪伴在你身边吧。

永远爱你的：楚丰

唐佳梅悲伤过度，聂西遥便早早地将她送入了房间里休息。

老人家年纪大了熬不了夜，所以唐叔也早早回房里休息了。

薛拾星回想着信上的内容，坐在沙发上久久回不过神来。

等聂西遥慢慢走下楼梯，她才默默地问："你知道聂叔叔生病吗？"

聂西遥一顿，在她身旁坐下："不知道。"

薛拾星托着腮叹口气，兀自沉浸在悲伤的情绪里："想必聂叔叔自己也没想到，自己不是因为病痛而故……而是被……"她闭口不再继续说。

聂楚丰恐怕自己也没想到，他最信任的兄弟恰恰是伤他、伤他的妻子、伤他的儿子最深的人。

聂西遥明白她的意思，闭眼蹙眉揉了揉太阳穴："世事难料。"是啊！又有谁能料到这一切呢？即使他拥有异能，也无法预测并阻止这一切的发生。

思及此，他起身，淡淡地对薛拾星道："陪我出去走走。"

"哎，去哪儿？"

*Chapter.63*

聂西遥家门前的这条路静谧，没什么路人，只能听到不远处轻微的蝉鸣声。

正好看到有一家超市，薛拾星想起家里拉布拉多的狗粮快吃完了，便跑进店里买了两袋狗粮和一些打算今晚吃的零食。走出来时，聂西遥正在不远处等候。

他的影子被路灯拖得老长，看起来有些孤寂。薛拾星回想着这段日子里和聂西遥一同经历的种种，觉得惊险刺激的同时，不由得心疼他。

她快走几步跟上他的步伐，原本想说出口的安慰在看到他毫无表情的冷峻侧脸时瞬间收住，他是这样一个人哪。或许，他足够强大，不需要安慰，自己只需要安安静静地陪在他身边走完这段路就好。

于是那句安慰的话莫名其妙变成了："你知道那只蝉在说什么吗？"

"嗯？"

薛拾星一本正经地开玩笑："它在说，知了知了，哈哈哈哈哈哈，好不好笑？"

聂西遥并没有笑，停住脚步，神情意味不明。

良久，他才低声说："薛拾星，你是不是傻？"

薛拾星："……"

沉默之际，一只流浪小狗瘸着一条腿，磕磕绊绊地跑到两人身旁，可怜巴巴的眼神让薛拾星顿时泛起怜悯心来。

而聂西遥已经先她一步蹲下来，无所顾忌地伸手摸了摸它的头。

他的嗓音带着奇异的温柔："你怎么了？"

薛拾星全部的注意力瞬间被聂西遥吸引，这是她第一次真真切切地看到他与动物进行对话。而且，他的语气是从未见过的温柔……

好吧，自己居然有点吃狗的醋了……

良久，聂西遥朝薛拾星伸出手。

薛拾星莫名其妙："怎么？你是……要和我牵手？"

正当薛拾星要将手递给他时，他清清淡淡地回头扫了她一眼："狗粮。"

薛拾星："……"薛拾星知道自己会错了意，而且看聂西遥看得出神，完全忘了自己买了狗粮这回事……她赶紧讪讪地把狗粮递给他。

待小狗跑远后，她才默默地说："原来你真的可以和动物像与人之间那样'说话'啊！我一直以为你只通过腹语和它们交流的！"

这下轮到聂西遥无语了，他拍拍薛拾星的脑袋："想什么呢！"

又走了大概十几米，薛拾星停住了脚步。

"聂西遥！"她的声音里莫名带着一股怒气。

聂西遥侧头看她一眼："怎么？"

薛拾星手指颤抖地指着离自己只有几米远的公交车站，质问道："你不是说你家到公交车站要走两里路吗？你不是说一个不小心就会走出长河市吗？"

聂西遥完全没有被戳破的窘状，神态自若道："不是两公里吗？"

薛拾星愤愤不平地说道："什么两公里，我们总共只走了几分钟好不好！"

"所以你现在要坐公交车回去？"他嗓音寡淡却带着些威胁的意味。

"拜托！现在这个点，已经没有公交车了！"

聂西遥顺手帮岁毛的薛拾星拨了拨刘海，牵住她的手，无比淡定道："那我们回去吧。"

"谁要跟你回去！"

"别闹。"

……

在谁也没注意的转角处，孟千蓝将手机收入怀里，手机里拍摄了刚才聂西遥与流浪狗交谈的画面。她虽不能理解她刚刚看到的那幅画面意味着什么，却也知道，那是极其隐秘的不能为世人知道的东西。

她将怨毒的目光落在远处聂西遥和薛拾星相牵的手上。

她最近几日一直受孟灏事件的影响，事业受到极大的波动。她早已经受不了了，明明自己和孟灏干的事情一点关系也没有，却要受到牵连。她几乎要崩溃了，甚至不管不顾地想来找聂西遥解释清楚。

却……看到她心心念念的聂哥哥与薛拾星一同出现在他家附近！

明明她已经在网络平台抹黑了薛拾星！凭什么？薛拾星凭什么可以这么好命？她做得还不够吗？

不……应该怪聂西遥太没有眼光！

她心底恨意越发浓厚，既然聂西遥对自己不仁！那就让他身败名裂好了！让他跟着那个女主播一起身败名裂！

她捏紧手里的手机，快速隐入夜色之中。

## Chapter.64

当薛拾星洗漱完毕准备睡觉时，传来敲门声。刚一打开门，聂西遥就自然而然地走了进来。

薛拾星吓一跳："大晚上的，你不睡觉跑过来串门做什么？"

"谁说我是串门？"

薛拾星奇了："这里好像是唐阿姨特意给我安排的客房吧？你不是串门是什么？"她刻意加重了"特意"二字。

聂西遥眉峰微挑："这里是我家，我想睡哪里都可以。"

这是什么歪理？！

"哎，你讲不讲理？"

压迫感扑面而来，聂西遥转身定定地看着她，然后一寸寸靠近。

薛拾星紧张地闭上了眼睛，他却在离她的唇仅剩半寸的地方停住，悠悠道："我房间空调坏了。"然后松开她，自顾自地倚靠到了客房的床上，拿起床头柜上的一本书翻看。

薛拾星："……"撩完就走是什么意思啊！

好吧，她才不承认她居然冒出一点点失落的情绪……就一点点！


薛拾星赶紧占领了床的另一边，宣示自己的主权："我不管，你空调坏了你可以去客厅沙发睡啊，客厅不是有空调吗？"

"沙发不舒服。"

"可你之前不是在我家睡过沙发的吗？你当时不是说没关系的吗？"

聂西遥翻一页书，眼神凉凉地扫过她："我说了吗？"

"你、你、你又不承认！"薛拾星将被子整个抱在怀里，又警惕又悲愤，"聂西遥，你变了！你以前明明不是这样的！"

"哦？我以前是什么样的？"又翻一页书，也不知道他到底看进去没有。

"你以前是个气场强大、冷漠神秘又危险，还带点神经质的男人！"说完她就后悔了。

聂西遥眸子一眨，若有所思地重复了一遍："冷漠神秘又危险……还带点神经质？"

薛拾星豁出去了："总之就是个浑身都是秘密的……的人……"

他凑近她几分，语气染上一丝暗哑："还有更多你不知道的秘密。"

薛拾星向后一缩："我……才不想知道呢！"

聂西遥将书放下，也没生气，而是摸了摸下巴，问："那现在呢？"

薛拾星用被子将自己包裹住，缩了缩脑袋，眼神游离"别问了，我困了，我要睡觉了。"

聂西遥低笑一声："好。"

关上了床头灯。

薛拾星："……"


"我说我要睡觉了哎！"

"睡。"

"你在这里让我怎么睡？！"

沉默了几秒，他淡淡地说："迟早要适应。"

"……"

薛拾星气哼哼地将自己裹在被子里，听到他的声音响起："你不热？"

"开了空调怎么会热？"

"是吗？"他长臂一伸，连同被子一起将薛拾星搂在了怀里，"我冷。"

薛拾星已经不想再理他了……

他的声音近在咫尺，嗓音舒缓低沉："现在的我是什么样的？"

薛拾星坚决不再说话，装作自己已经睡着了。她能感觉到聂西遥清浅的呼吸喷在她的脖颈上，有些痒。她忍不住缩了缩，却被聂西遥更紧地搂住。

"别动。"

好，不动就不动。


至于，现在是什么样？

现在，是一个拥有喜怒哀乐的正常的聂西遥，独属于我的聂西遥啊……

## Chapter.65

不知道聂西遥用了什么手段，总之，第二天，网络上关于薛拾星的虚假新闻消失得无影无踪，取而代之的是以往薛拾星的直播片段。片段里，她对动物的讲解栩栩如生，丝毫没有谣言里说的什么不良行径，PS 的不雅照也被专家证实是合成的，所有谣言不攻自破。

通过这一番大起大落，薛拾星不仅恢复了清白，还吸了不少原本不看直播的粉丝。

直播平台也顺利通过了审核，包括薛拾星、宛朵朵在内的广大主播又可以继续直播了。

唐叔在看到这则最新的新闻报道后，终于将戒心完全放下，对一旁吃早餐的薛拾星和颜悦色起来："说起来，你是叫拾星是吧？"

薛拾星受宠若惊："是的，唐叔。"

唐叔笑着颔首："不错，是个好名字！"

薛拾星笑得眉眼弯弯："谢谢唐叔夸奖。"

今天已经是周一，薛拾星总算没有忘记她除了跟着聂西遥冒险和做直播外，还是个学生这回事。

于是在早餐过后，薛拾星坐在前院凉亭里，一边刷着手机网页一边等着聂西遥快快出来送自己去学校。在看到关于自己的最新新闻时，忍不住弯唇一笑，刷着刷着她的注意力被一条最新推送的视频吸引住了。

聂西遥刚一出来，就正好看到薛拾星白着脸一副见鬼的样子。

还不待他问原因，薛拾星便径直将手机塞到了他手中。

手机里断断续续传来聂西遥昨晚和流浪狗对话的声音，画面摇晃得厉害，但还是能看清楚聂西遥的脸。

赫然就是那晚的场景。

居然被有心人录下发布到了网络上。

不仅如此，视频还被人剪辑拼接，用聂西遥的声音合成了另一段话，声称要用异能征服世界，称霸全球的野心昭然若揭。视频的最后还涉及近几年出现的一些动物异象，制作视频的人通通将苗头对准了聂西遥，说极有可能就是他用异能指使的。

良久，聂西遥才沉默着将手机递还给薛拾星。

薛拾星显然比前晚得知自己被陷害更加害怕，能与动物交流看似是一件很厉害的事情，但仔细一想，这种异能对社会而言，是好是坏？又会形成怎样的舆论？

再加上视频上的阴谋论，不知道会让聂西遥陷入怎样的危险境地……

她越想越觉得可怕："要不我们放话出去，说你其实是个神经病？所谓的对话是你自我脑补出来的？"刚说完她又自我否定，"不行不行，这样对你影响不好……"

聂西遥双手插兜望向不远处，眸子越发锐利："别急，会有办法的。"

这个视频发布才短短几个小时，便在整个长河市内掀起了轩然大波。无数的新闻媒体围堵在聂西遥家门前，声势闹得比之前聂楚丰涉嫌偷盗古董还要大。

薛拾星所在的学校也大肆讨论起来，一天课程下来，她被迫从同学口中听到了关于此事件不同版本的讨论。

由于拍摄角度问题，一旁的薛拾星并没有入镜，少了许多流言蜚语。

无数人讨论着视频中的主人公聂西遥是否真的能和动物说话，又是否真的有那么大的野心。

孟灏尚在逃亡中的消息反而被压了下去。

下完课返回家后，宛朵朵也向薛拾星追问起这回事来。

薛拾星支支吾吾只说事情不是网络上传的那样，具体是什么她也不太清楚。匆匆聊了几句，她就推说困了，把自己关到了房间里。她开始大肆在网络上搜寻各类相关的新闻，力求找到类似的事件，洗清聂西遥能与动物说话的嫌疑。

在这个社会，异类，要么会被大肆追捧，要么会被大肆打压。

不管是哪一种，都不是什么好事。

更何况，视频里已经将他彻底抹黑了。


直到晚上，她才接到聂西遥打来的电话，赶紧问道："你是不是有办法了？"

聂西遥沉默片刻："暂时还没有。"

薛拾星叹气："那该怎么办才好？"

"先别管这个。"

"哎？"

"有孟灏的消息了。"

# 第九章

— 拨云见日 —

**Chapter.66**

精致华丽的工作室内，孟千蓝握着画笔，面对摊了一桌子的设计原稿却无从动笔。

她此时此刻心思浮躁，根本不适合设计服装。

她把笔狠狠一丢，交稿日迫在眉睫，却一点进展也没有。

她更加恼怒，被莫须有的仇恨所蒙蔽，索性将所有的不顺通通归结到聂西遥身上。

都是他，让自己始终无法专心！都是他，造成了现在这番局面！

"好了，千蓝！"中年男人喝住她欲掀翻所有原稿的动作，"不要闹小孩子脾气！"

孟千蓝眼眶通红："爸！是聂西遥他对不住我的一番感情！是他不对！都是他的错！"

方才说话的中年男人赫然就是逃亡了好几日的孟灏。

他胡子来不及修剪，衣服也没时间打理，阴郁的状态和之前备受爱戴的孟局长判若两人。

他本不想再牵连女儿，谁知女儿突然联系了自己，声称要和自己一起报复聂西遥。

他心疼地拍了拍女儿的后背，眼里闪过一丝狠厉，既然自己注定一死，也一定要拉聂西遥垫背。

况且，多亏了女儿的冲动和偏执，这才得知了聂西遥身上的秘密。他直到此刻才终于明白，聂西遥为什么可以三番五次地逃脱，为什么可以轻而易举地得到自己的录音。

这一切的一切是因为他身怀异能！

他是怎么也想不到，聂楚丰和唐佳梅的儿子，居然是个怪物！

一只白鸽在半掩的窗口探头探脑，被警惕的孟千蓝逮个正着。

"爸！"她话语刚落，孟灏就迅猛地扑过来，他这几天东躲西藏，动作敏捷了不少。关上窗户的同时，逮住了这只白鸽。

孟灏冷笑：“想去给聂西遥通风报信是不是？”

白鸽"咕咕"直叫，却怎么也挣脱不出来。

孟千蓝还是有些害怕，离得远远的不敢上前：“爸！这只白鸽听到了我们的谈话……不如，不如我们把它……”声音渐低。

……

左等右等报信的白鸽还没有回来。

薛拾星坐不住了，冲刚刚到达自己家中的聂西遥道：“现在新闻都传开了，孟千蓝和孟灏说不定已经知道了你的异能……它不会出什么事了吧？”

聂西遥皱眉，目光望向天际。

他在几个小时前得到这只白鸽的消息，它在日行一次的夜飞中，看到疑似孟灏的身影避开在楼下巡逻的警察，进入了孟千蓝所在的工作室内。

"拍摄视频的人就是孟千蓝。"聂西遥说。

他特意走到昨晚被偷拍的地方询问了周围的小动物一番，样貌、发型、穿着、打扮赫然就是孟千蓝。

薛拾星一怔："是她？她不是喜欢你吗？为什么要这么做？"她想起孟千蓝之前对自己的种种恶劣行径，明白过来，"她是因爱生恨？啧啧……真是可……"

"你被恶意抹黑也是她做的。"

薛拾星硬生生地咽下那个悲字，双手攥成拳头，义愤填膺道："真是可恨哪……"

### Chapter.67

本以为白鸽不会再回来，可谁知又等了一阵，白鸽又飞了过来。

待聂西遥与白鸽交流完毕后，薛拾星赶忙问："怎么样？"

聂西遥表情冷凝："孟灏约我们明日中午一聚。"

"约我们？"

"嗯，我和你。"

"可是……我们凭什么要去？他说聚，我们就得去啊？"

聂西遥定定地看着她，把绑在白鸽爪子上的视频截图的图片递给她看，一字一顿地说："他手里有我母亲被禁锢时的录像，如果我们不去，正午时分他没有看到我们，或者我们报了警，他就会立即将录像公布于众，让我母亲身败名裂。"

图片上是被关在房间里的唐佳梅，她身形消瘦，表情痛苦，状若癫狂，和薛拾星印象里温柔体贴的形象迥然不同。

"他好狠。"


第二日中午十二点整。

当两人赶到约定的已经被废弃的一栋建筑物顶层时，除了水泥钢板外，这里什么也没有。

薛拾星紧张地攥紧聂西遥的手，觉得自己此刻就像警匪电影里的悲情女主角，稍个不留神就有可能和男主角生离死别。

聂西遥能感觉到薛拾星的不安，此刻再说什么抱歉的话只是多余，自己已经不是一次两次连累她了。

十二点二十分。

两人已经绕着顶层转了好几圈，薛拾星停住脚步，有些焦虑："都这么久了，他们怎么还没来？"

"累了吗？"

"有点。"

聂西遥四下一扫："要不要去那边坐一会儿？"

于是两人又坐等了半个小时。

时间已经接近一点了，薛拾星皱眉道："他们不是耍我们吧？"

聂西遥时刻注意着楼梯间的动作，不过片刻，他眉头一松："他来了。"

没一会儿，孟灏果然出现在了视线里。他在看到聂西遥和薛拾星的那一刻拊掌而笑："不愧是大哥的儿子，果然守信用！"他眼神较之前相比冷酷了不少，看来已经不打算掩饰自己的真面目。

聂西遥脸色骤然变冷。

薛拾星忍不住问道："你到底什么意思？真不怕警察来抓你吗？"

孟灏毫不在意，冷哼道："已经被你们逼到这个份上了，我还怕什么？"他狰狞的样子让薛拾星毛骨悚然。

顿了好一会儿，他才自嘲地笑道："和动物说话……真可笑啊！想必你也不敢告诉聂楚丰和唐佳梅这回事吧？毕竟……你就是个怪物！"

薛拾星被"怪物"这两个字震了一下，下意识担忧地看向聂西遥。

聂西遥并不在意孟灏的说辞，墨黑的眼眸微眯："你到底想怎样？"

"我想怎样？"孟灏踱了几步，脸上突然浮起诡谲的笑意，"你倒是问问他们想要你怎样吧？"

巨大的声浪自楼底响起：

"聂西遥，这个怪物！"

"去死吧，你！"

"指挥动物控制这个世界？你想得美！"

……

薛拾星伏在栏杆上，看着楼下声色俱厉唾沫横飞的一大群民众，不禁心惊胆寒。她怎么也想不明白，短短时间内，他们怎么会思想这么偏激？

居然真的相信聂西遥要控制世界这一说法？

她没注意到的是，孟千蓝躲藏在暗处，正冷眼看着这场闹剧。

这群人都是她花钱雇来的，目的只不过是为了将聂西遥逼上绝路。

你不让我好过，我自然也不让你好过！

### Chapter.68

"听到群众的呼声了吗？相比与他们利益无关的我的死，他们好像更希望你死才对吧？"孟灏疯狂地大笑，"我劝你在他们冲上来之前以死谢罪为好！"

聂西遥压根没看楼下的动静，只静静地注视着孟灏。良久，他才说："你错了。"

孟灏笑声骤然一停："你说什么？"

薛拾星将早已准备好的手机按下了播放键，他们此刻所在楼层的对面恰好有一块电子显示屏，电子显示屏一闪，便出现了薛拾星的脸。

薛拾星言笑晏晏道："大家好，我是小星。不知道大家有没有在网络上看到这样一则视频……"电子屏一闪，播放起孟千蓝合成的视频来。视频播放完毕后，电子显示屏又出现了薛拾星的脸，"没错，这原本是我和我的小伙伴为大家准备的惊喜，没想到被路人给发现了，把我们排练的内容当成真的……真是抱歉，让大家受惊了……"

昨天晚上，正在为第二天的直播做准备时，薛拾星余光扫到自己的电脑和摄像头，突然灵光一闪，惊呼一声："我们是不是忘了一件很重要的事情？我是讲解动物视频、模仿动物交谈的主播哎！我们完全可以把你和小狗对话的视频说成是我一手策划的呀！"

……

孟灏的脸色变得铁青："你以为这点小伎俩就能让人相信？"

"相比这种小伎俩，能与动物说话才更不值得相信吧？"聂西遥说。

果然，电子显示屏暗下来后，楼下的声音渐渐小了。他们狼狈地面面相觑，只觉得自己的行为真是蠢极了，居然因为区区几百块钱，就相信了这个世界上真的有人能与动物说话，甚至是要称霸全球……

没一会儿，人群就四下离去了。

孟千蓝气急败坏，再也顾不了许多，急匆匆上了楼。一上来，她正好看到孟灏和他们对峙的场面。

她平复下呼吸，然后红着眼睛不管不顾地朝着薛拾星冲了过去，"都是你！都是你！都是你的错！"

"孟千蓝！"

聂西遥想阻止她，却被一旁的孟灏暂时拦住。

薛拾星没留神，一个不慎就被她推到了顶楼边缘，大半个身子凌空。孟千蓝脸上闪过一丝狠绝，加大力度："去死吧，你！"

"薛拾星！"聂西遥猛地推开孟灏，一跃而起触到薛拾星的指尖，再一用力就强行扭转了身体，与她紧紧相拥。

孟千蓝还在大喊大叫："你们去死吧！通通去死吧！"

孟灏则死死拖住孟千蓝，把她往楼梯口带："好了，千蓝！我们快走吧！"

……

两人相拥坠落的身影像一只蹁跹的蝶。

风急速地从两人耳旁掠过。

薛拾星眼眶发胀："你疯了吗，你？"

聂西遥将薛拾星紧紧搂在怀里，低笑。

"我已经牵连了你……薛拾星，我答应过，如果你遇到危险，我都会回来救你，不管怎样我都会来救你。"

"聂西遥……"薛拾星的眼泪一下子流出来。

他呼吸很重，一下又一下喷在薛拾星的脖颈，但眼底一片平静。

"我会用我的一生保护你，你……信不信我？"

……

**Chapter.69**

三年后。

又到了一周两次的直播时间，薛拾星像往常一样打开直播平台，和观众们问好，还没说几句，屏幕就被"祝小星和小遥新婚快乐，早生贵子，白头偕老"给刷满了。

小遥是自那次声势浩大的录播事件后，薛拾星在直播平台给聂西遥起的代号。

小星，小遥，合在一起就是星遥，一听就很配！

看着祝福的弹幕，薛拾星眼睛都笑弯了，连声说着感谢。

直播还没结束，房间门就被宛朵朵给撞开，她看到薛拾星还在不紧不慢地讲解着视频，急得团团转。但不得不说，经过聂西遥的亲身指导，薛拾星讲解视频的水平有了质的飞越，现在说她是动物肚子里的蛔虫也不为过。

宛朵朵生气地说道："薛拾星，你怎么回事？今天可是你结婚的日子！快放下直播，赶紧去化妆换衣服……哎哟，真是皇帝不急，急死朵朵！"

薛拾星看一眼时间，狐疑道："现在不是挺早吗？我就是因为今天结婚，所以特意将直播放在早上……"

宛朵朵不再和她废话，一把推开她，笑容可掬地冲观众们打招呼："大家好，我是小星的朋友朵朵……对，就是隔壁唱歌的那个朵朵。现在拾星要去准备新婚的事宜了，接下来的时间，我来唱歌给大家听好不好？"

薛拾星嘴角抽搐："……"

就这样，她被一旁的其他小伙伴火急火燎地给拉了出去。

婚礼的整个过程薛拾星都浑浑噩噩的，只觉得似在梦中，一切都那么不真实。三年多的时光犹如走马观花般一一在脑海中掠过，有庆幸，也有后悔。

最后悔的莫过于，没有亲眼见到孟灏和孟千蓝被邵一源带着及时赶到的警方逮捕的那一刻，她那时坠下高楼，脑子一片混沌，什么也没看到！简直亏大发了！

那日，他们从高楼急速坠落，正好被聂西遥召唤下及时赶来的一排黑雕撑住身体，它们有力的黑色翅膀盘旋着，稳稳地将两人带至地面。

如果非要形容一下，那大概就是《神雕侠侣》里杨过和小龙女的感觉……啊，冷不丁还当了一回主角。

还好周围无人，没人见到这极其震撼又极其梦幻的一幕，不然指不定又有流言蜚语传出来。

不管怎么说，她与聂西遥之间，经历了那么多生与死、那么多笑与泪，她越发觉得，此刻的幸运多么来之不易。

终于一切尘埃落定，又或者说，是重新开始。

感慨万千。

总之直到夜幕降临，到了新婚房里，薛拾星整个人还是晕乎乎的。

直到聂西遥薄凉而清晰的嗓音别有意味地喊出她的名字。

"薛拾星。"

她才迷迷糊糊地看向他："怎么？"

聂西遥今晚穿着一身白西装，衬得整个人挺拔如松，气质清冷而禁欲。

薛拾星的父母在第一次见到聂西遥时，曾偷偷跟女儿说："这小伙子看起来很不好亲近的样子啊……"

薛拾星立马维护说："不好亲近好啊！只对我一个人亲近就好！我才不想让他亲近别人！"

……

于是乎，果然整场婚礼下来，聂西遥只对薛拾星一人展露了温柔的笑容，对其他人都是冷漠而客套。薛拾星收获了在场所有女同学艳羡的目光，简直感觉自己走向了人生巅峰。


是以，此刻看到聂西遥依旧穿着那身帅得一塌糊涂的白西装时，薛拾星还是忍不住脸红心跳起来。

聂西遥缓步走近，微凉的手指触到她的脸颊，慢条斯理地说道："怎么脸又这么红？"

薛拾星撇嘴："怪我咯？脸红又不是病！"

聂西遥低低笑道："当然不。"

他捏着她的下巴，墨黑的眼睛里倒映着一袭白裙的她，慢慢说："我就喜欢看你脸红。"

薛拾星心跳得更厉害。

他的手指开始在她唇上研磨："说起来，我一直觉得你很像一个人。"

"什……什么？"

聂西遥一手搂住她的腰，俯首咬住她的唇，细细啃噬。

"没什么……"

窗外的小鸟害羞地叽叽喳喳地飞远了，天哪，少鸟不宜！少鸟不宜！

……

明月皎洁，真是一个无比美妙的夜晚哪！

**——全文完——**

# 番外一
— "到底像谁"之谜 —

薛拾星自新婚之夜后，就一直絮絮叨叨向聂西遥追问一件事。

这件事简直让她寝食难安，夜不能寐。

那天，被聂西遥迷迷糊糊几句话糊弄以后，她就一直心存芥蒂，总觉得自己从聂西遥心尖尖上的朱砂痣瞬间变成了备胎！

这落差简直太大了啊！

薛拾星自然不肯依，几乎使了十八般武艺出来，从威逼到利诱，连宛朵朵给她提供的不靠谱玛丽苏电视剧里的情节她都用上了⋯⋯虽然每次都是同一个结果，那就是被他吃干抹净⋯⋯停停停！打住！这么丢脸的结果就不要说了！

某天晚上。

薛拾星暗自琢磨着，今天聂西遥下班回家多吃了一碗米饭，还意味深长地夸自己的厨艺有了进步，让他胃口好了不少。

唔，看起来心情不错的样子。

很适合再次提出那个问题。

于是，在结束了直播关掉电脑后，她摆出一副正气凛然的样子，扭头问坐在床边看书的聂西遥："你到底说我像谁？快老实交代！哼！是哪个妖艳贱货？"

聂西遥听她又换了口吻，薄唇一抿，勾出一个浅浅的弧度来，目光却依旧停留在书页上。

认真看书的侧颜，简直是在诱人犯罪！

薛拾星不淡定了，在这几天的调教下……她脸皮有越来越厚的趋势，索性扑到他身旁挡住他的书页："书好看还是我好看？"

聂西遥毫不犹豫地推开她的脑袋："书。"

薛拾星不开心了，薛拾星有小情绪了，嘴巴一撇："你是不是不爱我了？"

聂西遥好笑，终于看她一眼，还拿书不轻不重地在她头顶敲了敲："嗯？胡说什么？"

薛拾星幽幽地叹口气："明明是你神秘兮兮说漏嘴了，现在却什么也不肯告诉我。"她越想越觉得自己要变成天下第一号怨妇了，深吸一口气道，"你知道女孩子最讨厌听到什么话吗？就是说她和别的女人像哎！你说就算了，还不肯告诉我是谁！你犯了大忌，你知道吗？"

聂西遥听到这句终于有了一点反应，眉峰微挑道："我？犯了大忌？"

薛拾星赌气："可不是！"

聂西遥听她就这样给自己定了罪，也不生气，微凉的指尖抚上她的脸颊，嗓音奇异地上扬："真想知道？"

薛拾星果断点头："真真真！真的想知道！"

聂西遥眸色渐深，语速变慢："怎么报答我？"

薛拾星脸上飞快地浮起一丝红晕："那什么，你想怎样都可以咯……"

聂西遥点头，把书合上，搁在一旁："我明天休假。"

"哈？所以？"

他慢悠悠地看她一眼："明天我们不用吃早饭了。"

"为啥？"

"因为你起不来床。"

"……"


聂西遥口中那个和她相像的人，是十年前的一段回忆。

那天也许是因为天气不太好，下了很大雨，聂西遥没有像往常一样等到司机来接送。他向来自立，并不在原地多停留，稍一思索就打算走路回去。

在途经一条泥泞的小路时，他看到了一只瑟瑟发抖的小奶猫蜷缩在垃圾桶旁避雨。它脖子上挂着小木牌，估计是哪家走丢的猫。

那个时候的聂西遥虽然喜欢动物，却因为家庭环境使然，父母担心不干净，不让他过多接触，所以他对小动物们的吃食没什么具体概念。于是他从书包里拿出一盒牛奶，打算喂给它喝。

还没将牛奶递出去，就被不知道从哪里冒出的小女孩阻挡住，小女孩眉眼很清秀可爱，此刻却一副很生气的样子，对他说："你这是做什么？"

聂西遥还未开口，她就自顾自地说道："小奶猫不可以喝牛奶，你不知道吗？会拉肚子的。"说着，她毫不嫌弃地将小奶猫小心翼翼抱起来。

聂西遥一愣，精致的眉头一蹙："我家的猫就是喝奶的。"

小女孩想了想："你说的是猫奶吧？"

聂西遥："……"

小女孩做语重心长状："猫奶和牛奶是不同的，你别看都是奶，实际上是有本质上的区别，你不懂就不要……"

正说着话，小猫的主人循声找了过来，对两人连连感谢。

猫主人离开后，远处的小伙伴等得不耐烦了，在喊她的名字，催促她速度快点。小女孩犹豫了一瞬，对聂西遥说："看在你也喜欢动物的份上，我就勉强原谅你的没常识好了。对了，你要是有什么不懂的可以来问我，我叫小星，就住在后街。"

没常识……

聂西遥嘴唇紧抿，脸有些微微发红，却没说话。

小女孩莫名其妙，默默嘀咕着："真是脾气古怪的孩子……"说完转身跑远了……

再然后，聂西遥就在父母的安排下出国了。

……

故事说到尾声，薛拾星兀自陷入迷惘之中："你这个故事……我听着怎么莫名觉得有些熟悉。"

聂西遥调暗了床头灯，开始解开衬衣扣子，昏暗的灯光给他清冷的眉眼染上了些许邪气，他顿了顿，说"那个小女孩就是你。"

薛拾星先是一呆，然后爆发出一阵巨大的笑声来。

"哈哈哈哈哈哈！"

"好笑？"某人蹙眉，语气开始变得凉飕飕的。

薛拾星犹不自知，依旧笑得乐不可支："哈哈哈哈哈哈，好笑啊！当然好笑！所以，你就是因为当年出糗了，所以才一直不肯告诉我的吗？哈哈哈哈哈哈！还有还有！你是怎么知道我就是那个小姑娘的？"

聂西遥眼睛眯了眯："因为你和她一样……"他看她一眼，"傻。"

薛拾星："我明明很机智！而且比那时的你有常识多了……"

聂西遥的手指缓缓滑到薛拾星的腰上，不轻不重地掐了掐，重复道："机智？"

薛拾星明显嗅到了危险的气息，声音渐小，有些尿了："其实也没那么机智啦，呵呵呵……"

聂西遥呼吸渐沉："听了这个故事，很开心？"

薛拾星干笑道："呵呵呵，不开心！一点也不开心！"

"嗯？"

"真的！"

"那就……"他欺身将她压在身下，眸色似深潭般幽暗，"让你开心。"

"……"


说起来。

我一直觉得你很像一个人——

一个见证了我前二十多年里少见的一次出糗的人。

命运捉弄的重逢后，又想用一辈子珍之重之妥帖收藏的人。

# 番外二

## ― 游园记 ―

自从薛拾星得知了聂西遥的异能后，就一直暗搓搓地想拉他实践一番。她满肚子的问题想问。比如，她经常模仿的那两只熊猫内心真实的想法是什么，比如那只经常偷窥她的白鸽又整日里在想些什么……

想一想，这些问题都能从聂西遥口里得到答案，还有点小激动呢!

正巧，她与观众约好了今天晚上在动物园实地直播，便拉上聂西遥一起，还美其名曰是约会。

聂西遥怎么会不懂她的心思，本着又能逗她一番的念头……便答应了下来。

整个下午，薛拾星都兴冲冲地拉着聂西遥在整个园区穿来穿去，时而指着懒洋洋晒太阳的斑马问："它刚刚那声鸣叫是在说什么？"时而又好奇地盯着交颈依偎的白天鹅问："它们是一对情侣吗？还是兄弟？姐妹？父子？母女？"

　　聂西遥神色淡淡，在路人诡异的眼神里回复道："不知道。"

　　一连好几个这样的回复，薛拾星怒了，小声吐槽："聂西遥，你太不配合了！亏我这么期待今天的约会！"

　　聂西遥揽住她的肩膀，看她一眼："你想我怎么配合？"

　　"实话实说就好呗……嗯，比如上次那样。"

　　"上次哪样？"

　　"就……你学萤火虫说话那次。"薛拾星脸红。

　　"哦？"聂西遥嘴角微勾，"你喜欢？"

　　"你笑什么笑？我没别的意思，你别想歪了！我就是打个比方！"

　　……


　　就这么走着走着，两人来到了鹦鹉馆里，馆里游客并不多。

　　聂西遥突然顿住脚步，望着树枝上一只虎皮鹦鹉神色莫名："叫我的名字。"

　　薛拾星不明就里："什么？"

他却继续道："叫我的名字。"

"聂……西遥？"

聂西遥望向她，嗓音喑哑带着些蛊惑的味道："你这次过来，是想听我说什么？"

薛拾星心跳蓦然加速，好像自己的小心思又被他看破，有些结巴："什么？"

聂西遥没说话，目光沉沉。

薛拾星沉默了一阵，声音变低："我爱你。"


话音刚落，周围的鹦鹉不知怎么了，突然激动起来，一个接一个地重复："聂西遥，我爱你！聂西遥，我爱你！"

薛拾星傻眼了："你使诈！"

聂西遥低笑："真乖。"他顿了顿，气息绵长，"我也爱你。"然后在她微微睁大的眼眸里，缓缓凑近俯首。

薛拾星吓了一跳，抵住他的胸膛，不好意思道："不要在这里……有人……"

一只鹦鹉不明所以地继续学舌："不要在这里，有人！"

其他鹦鹉也应声而起："不要在这里，有人！不要在这里，有人！"

本来就不多的游客通通往这个方向看过来。

薛拾星："……"简直欲哭无泪。

要不要这么欺负人哪！

天色渐晚，游客都陆陆续续地走光了。

薛拾星终于开始了她的直播。

不过短短几分钟，就有观众好奇地发出一句弹幕："小星，你的嘴唇为什么这么红？是过敏了吗？"

薛拾星脸一红，有些尴尬，打着哈哈，以刚刚吃完火锅掩饰掉。

又有观众眼尖地看到她脖颈处有可疑的红点。

不等薛拾星回复，她们就自顾自地讨论起来，从天气炎热蚊虫太多讨论到新婚的女人真的如狼似虎哟……

薛拾星彻底蒙了。Excuse me？我到底是来直播的，还是来分享八卦的？

还有！

她默默扭头看一眼倚靠在不远处等待她结束的聂西遥——他正在拒绝动物园两个年轻女员工的搭讪。冷漠的眉眼看起来禁欲又不近人情。

到底是谁如狼似虎？！

薛拾星觉得自己很委屈。

这个可怕的世界哟！

**吊灯坠落 / 恶龙从天而降 / 河童也来凑热闹**

具霜觉得整只妖都要崩溃了，方景轩却霸气表示——
"那么，请你守护我，我的山大王。"

## 有爱内容简读

堂堂无量山山主在磨人总裁的威逼利诱下
成了方景轩一个月的契约情人。
正好具霜怀疑追杀自己的黑山道人就在附近，方景轩会有危险，
便借契约恋人之机，留在他身边保护他并寻找真相。

可是总裁大大好难搞，具霜觉得整个妖生都有点崩溃。
具霜只好嫌弃守护两手抓，拖着方景轩化解一次次危机。
千年芙蓉妖的心捉摸不定，景轩大大很着急。
表白三次，具霜也不愿接受自己的心意，只好继续表白表白再表白！

**图书在版编目（CIP）数据**

听我的话吧 / 鹿拾尔著 . -- 上海：上海文化出版社，2016.12（2020.1 重印）

ISBN 978-7-5535-0660-9

Ⅰ.①听… Ⅱ.①鹿… Ⅲ.①长篇小说 - 中国 - 当代 Ⅳ.① I247.5

中国版本图书馆 CIP 数据核字 (2016) 第 282308 号


责任编辑　詹明瑜　蔡美凤

特约编辑　曾雪玲　层　楼

装帧设计　刘　艳　逸　一

封面绘制　蚁　偀

印务监制　李红霞

责任校对　周　萍


**听我的话吧**

鹿拾尔　著


出　　版　上海文化出版社

出　　品　上海故事会文化传媒有限公司

　　　　　（200020 上海市绍兴路 74 号　www.storychina.cn）

发　　行　上海文艺出版社发行中心

　　　　　（上海市绍兴路 50 号）

印　　刷　三河市华东印刷有限公司

开　　本　880×1230　1/32　印　张　9

版　　次　2016 年 12 月第 1 版　印　次　2020 年 1 月第 2 次印刷

书　　号　ISBN 978-7-5535-0660-9/I.188

定　　价　39.80 元

故事会　大众文化出版基地　www.storychina.cn　上海故事会文化传媒有限公司　出品（00613）www.storychina.cn